Juma Kliebenstein

SPEED-DATING MIT PAPA

Zeichnungen von Alexander Bux

Oetinger Taschenbuch

Außerdem bei Oetinger Taschenbuch erschienen:

Tausche Schwester gegen Zimmer

Das für dieses Buch verwendete FSC®-zertifizierte
Papier Danube liefert Salzer Papier, St. Pölten, Austria.
Der FSC® ist eine nicht staatliche, gemeinnützige Organisation,
die sich für eine ökologische und sozialverantwortliche
Nutzung unserer Wälder einsetzt.

1. Auflage 2014
Oetinger Taschenbuch GmbH, Hamburg
August 2014
Alle Rechte dieser Ausgabe vorbehalten
© Originalausgabe: Verlag Friedrich Oetinger GmbH, Hamburg 2011
Titelbild und Illustrationen: Alexander Bux
Druck: GGP Media GmbH, Pößneck
ISBN 978-3-8415-0306-0

www.oetinger-taschenbuch.de

ERSTES KAPITEL,

*in dem ich sage, was ich mal werden will,
und die Erwachsenen verrücktspielen*

Seit Kurzem spielen die Erwachsenen verrückt. Wegen der Liebe im Allgemeinen und wegen Papa und den Frauen im Besonderen. Vor allem Tante Birgit ist ganz aus dem Häuschen. Ständig quasselt sie Papa am Telefon voll und diese Woche ist sie sogar bei uns aufgetaucht.
Aber der Reihe nach: Alles hat vor ein paar Wochen auf Onkel Kais Geburtstagsfeier angefangen. Onkel Kai ist der Mann von Tante Birgit, und Tante Birgit ist, das könnt ihr euch vielleicht schon denken, die Schwester von Papa. Papa und ich waren natürlich zu Onkel Kais Geburtstag eingeladen.

Onkel Kai hatte einen großen Tisch in einem Restaurant reserviert und es waren bestimmt zwanzig Leute da. Papa kann solche Familienfeiern nicht leiden, aber da müssen wir hin, sagte er, weil sonst Tante Birgit beleidigt ist, und eine beleidigte Tante Birgit ist noch viel schlimmer als eine gut gelaunte Tante Birgit.

Ich hatte auch keine Lust auf die Feier. Nicht, weil Tante Birgit so schnell beleidigt ist, sondern weil da alle immer fragen, wie es uns in unserem Männerhaushalt so geht.

Papa und ich leben nämlich allein zusammen, nur wir beide. Mama ist gestorben, als ich ganz klein war, noch vor meinem zweiten Geburtstag. Ich kann mich gar nicht richtig an sie erinnern, ich kenne sie nur von Fotos.

Wenn Leute das erfahren, sagen sie meistens: »Du hast es sicher nicht leicht, armer Junge.«

Ich finde ja gar nicht, dass ich ein armer Junge bin. Papa und ich kommen gut zurecht und ich muss nie meine Schuhe ordentlich neben der Tür ins Regal stellen wie mein Cousin Simon, der Sohn von Tante Birgit, und Papa ist auch nicht so schnell beleidigt wie sie.

Außerdem haben Papa und ich das gleiche Hobby, nämlich Fußball.

Ich spiele in der Juniorenmannschaft, in der U11. Die Spiele sind sonntags, deswegen sind die Sonntage bei Papa und mir Fußballsonntage.

An Samstagen schauen wir oft die Sportschau und manchmal gehen wir auch ins Stadion. Deswegen sind die Samstage bei uns Fußballsamstage.

Wir spielen sogar oft Fußball in unserem langen Flur.

Die anderen aus meiner Klasse sagen, dass ihre Mütter da gleich die Krise kriegen würden, nur weil so ein Fußball auch mal eine Vase oder ein Bild treffen könnte.

Bei uns stehen keine Vasen im Flur und Bilder hängen da auch nicht. Deswegen können Papa und ich Fußball im Flur spielen, so viel wir wollen.

Wenn bei uns eine Frau wie Tante Birgit leben würde, wäre das aber bestimmt ganz schnell vorbei.

Ich hatte also gar keine Lust, mir auf Onkel Kais Geburtstag wieder mal anzuhören, dass ich ein armer Junge bin und dieser Männerhaushalt nicht gut für mich ist. Aber Papa sagte, wir müssen zu diesem Geburtstag, und für die paar Stunden soll ich die Ohren einfach auf Durchzug stellen, er macht das auch so.

»Na, wie läuft es bei euch beiden?«, fragte Tante Birgit dann auch gleich, als wir alle auf unseren Plätzen saßen und auf das Essen warteten.

»Bestens«, sagte Papa, und »Toll«, sagte ich.

»Aha«, sagte Tante Birgit.

Als sie »Aha« sagte, wusste ich, dass sie gleich seufzen würde. Sie seufzt nämlich oft.

Und Tante Birgit seufzte. Sie schaute mich an und seufzte sehr laut und schon guckten alle besorgt zu mir rüber.

»Wie klappt es denn so in der Schule, Jonas?«, fragte Elvira.

Elvira ist die Schwester von Onkel Kai und genauso drauf wie Tante Birgit.

Ich hatte keine Lust, was zu sagen, aber ich musste.

7

Alle warteten auf meine Antwort.

»Super«, sagte ich, »einfach klasse!«

»Na, das ist ja schön«, sagte Elvira. »Weiß der junge Mann denn schon, was er mal werden will?«

Was für eine bescheuerte Frage, und überhaupt: »... der junge Mann«!

Total dämlich.

Sie dachten bestimmt, dass ich »Fußballer« sagen würde, aber da hatten sie sich getäuscht.

Ich überlegte, was ich sagen könnte, um Elvira und die anderen zu ärgern. Vielleicht würden sie mich dann ein für alle Mal in Ruhe lassen.

Dabei guckte ich aus dem Fenster. Genau in diesem Moment fuhr ein großer schwarzer Wagen vorbei, mit goldener Aufschrift: BESTATTUNGEN ERICH GREINER.

Und da passierte es.

»Bestatter«, sagte ich. »Ich will Bestatter werden.«

Alle starrten mich an.

Ha! Denen hatte ich es jetzt aber gegeben! Weil Bestatter so was Gruseliges ist, mit toten Leuten und so. Erwachsene mögen keine gruseligen Sachen.

Es war auch ein voller Erfolg.

Tante Birgit wurde erst blass und dann rot und dann wieder blass.

»*Bestatter?*«, flüsterte sie.

»Genau, Bestatter«, sagte ich. »Ist doch toll. Schöne Särge und viel Schwarz.«

Elvira sah aus, als würde sie gleich losheulen.

Papa kroch unter den Tisch. »Meine Serviette ...«, murmelte er.

Ein paar Sekunden herrschte Totenstille.

»So!«, rief Onkel Kai plötzlich sehr laut und fröhlich in die Runde. »Birgit und ich fahren bald nach Rom, ist das nicht ein Ding? Hat sie mir zum Geburtstag geschenkt!«

Keiner sagte was.

»Rom«, rief Onkel Kai, »stellt euch das doch mal vor!«

Er zupfte an Tante Birgits Blusenärmel.

»Rom, ja«, sagte Papa, der mittlerweile wieder unter dem Tisch hervorgekrochen war. Er hatte einen roten Kopf. »Rom ist toll. Der Trevi-Brunnen. Und erst die Spanische Treppe! Warst du schon mal in Rom, Elvira?« Papa schwitzte auf der Stirn.

Zum Glück kamen genau in diesem Moment die Kellner mit dem Essen. Da waren die Erwachsenen erst mal abgelenkt.

Tante Birgit sah mich während des Essens immer wieder komisch an. Sie sagte aber nichts.

Als wir später alle draußen standen und uns verabschiedeten, hörte ich, wie sie aufgeregt auf Papa einredete: »Bestatter, Ralf! Das Kind will *Bestatter* werden, das ist doch nicht normal.«

Als ich näher kam, hörte Tante Birgit auf zu reden.

»Tschüs«, sagte sie und sah mich mitleidig an.

Zu Papa sagte sie: »Wir telefonieren morgen, Ralf.«

Sie winkte uns mit besorgtem Gesicht nach.

Papa und ich schwiegen eine Weile, während er das Auto durch die Straßen lenkte.

»Willst du wirklich Bestatter werden, Jonas?«, fragte Papa schließlich.

»Nee«, sagte ich, »hab ich nur so gesagt.«

»Dann ist's ja gut«, sagte Papa.

Damit war das Thema erledigt.

Dachte ich.

Aber das dicke Ende kam noch.

ZWEITES KAPITEL,
in dem Gespräche hinter verschlossenen Türen stattfinden

Am nächsten Tag ging es los. Tante Birgit rief an und wollte mit Papa sprechen.

Papa verschwand mit dem Telefon in seinem Zimmer, und ich hatte keine Ahnung, was er mit Tante Birgit besprach. Das Gespräch dauerte jedenfalls ziemlich lange.

Und es blieb nicht bei dem einen Gespräch. Tante Birgit rief nun fast jeden Tag an. Es musste was Wichtiges sein, das sie mit Papa zu bereden hatte, denn normalerweise, wenn Tante Birgit anruft und Papa sprechen will, schüttelt er den Kopf, legt den Finger an die Lippen, und ich sage dann, dass Papa leider, leider nicht zu Hause ist.

Jetzt war es aber anders. Nicht nur, dass Papa jedes Mal, wenn Tante Birgit anrief, tatsächlich mit ihr sprach, ich merkte auch, dass er sich mir gegenüber anders verhielt und mich öfter nachdenklich musterte.

»Ist was?«, fragte ich ihn eines Abends, als er mich über seine Zeitung hinweg ansah.

»Nein, nein«, sagte er und tat so, als wäre er ganz in einen Artikel versunken.

11

»Ach nee«, sagte ich. »Du telefonierst ständig mit Tante Birgit und guckst mich dauernd so komisch an.«

»Das ist ein Erwachsenenthema«, sagte Papa.

Da war nichts zu machen. Wenn Papa nichts sagen wollte, sagte er nichts.

Mir war schon klar, dass es irgendwas damit zu tun haben musste, was ich auf Onkel Kais Geburtstag gesagt hatte. Das mit dem Bestatter, meine ich.

Ich verstehe ja nicht, was daran so schlimm gewesen sein soll. War doch nur ein blöder Witz. Aber den hatten die Erwachsenen anscheinend nicht verstanden.

Weil aus Papa nichts herauszubekommen war, beschloss ich, Lotti zu fragen, warum auf einmal alle komisch waren. Lotti wohnt in der Wohnung gegenüber, mit ihrer kleinen Tochter Nina.

Lotti ist dreißig, aber dafür, dass sie so alt ist, total cool. Sie ist ziemlich groß und kräftig, hat lange dunkle Locken und eine Menge Sommersprossen im Gesicht. Außerdem ist sie fast immer gut gelaunt. Lotti und Nina sind erst letzten Winter in unser Haus gezogen und wir alle haben uns von Anfang an gut verstanden. Als Lotti damals die Wohnung renovierte, hat sie bei uns geklingelt. Sie hatte noch kein Telefon in der Wohnung, aber Hunger hatte sie schon. Da hat Lotti gefragt, ob sie von uns aus Pizza bestellen könne, und hat einfach für Papa und mich gleich mitbestellt und uns eingeladen. Das fanden wir natürlich sehr nett von Lotti und nach dem Essen haben sie und Nina mit Papa und mir *Mensch ärgere dich nicht* gespielt. Das war ein schöner Abend gewesen, und wir freuten uns, dass die beiden nun in die leere Wohnung gegenüber einzogen.

Weil Lotti nur vormittags arbeitet, hat Papa mit ihr vereinbart, dass ich dienstags und donnerstags nachmittags bei ihr bin. Dann ist Papa nämlich länger im Büro. Wir essen zusammen Mittag und manchmal hilft Lotti mir auch bei den Hausaufgaben.

Als ich am Dienstag nach Onkel Kais Geburtstag bei Lotti und Nina war, habe ich überlegt, wie ich es am besten anfange.

Wir saßen im Wohnzimmer. Nina spielte mit Bauklötzen und Lotti sortierte Papierkram.

Ich saß ihr gegenüber an dem großen Tisch und machte Matheaufgaben. Zumindest tat ich so.

Aber eigentlich dachte ich gar nicht über Mathe nach, sondern über das total merkwürdige und geheimnisvolle Getue von Papa und Tante Birgit.

Ich hätte zu gern Lotti gefragt, wie sie darüber dachte, aber ich wusste nicht, wie ich anfangen sollte.

Vor lauter Nachdenken kaute ich so fest auf dem Füller rum, dass er krachte. Tinte lief in meinen Mund.

»Buäh«, sagte ich und ließ den Stift fallen. Die Matheaufgaben verschwanden unter einem blauen Fleck.

Lotti sah auf. Sie legte die Stirn in Falten.

»Alles in Ordnung, Jonas?«, fragte sie.

»Mmh«, sagte ich und gurgelte mit Sprudel.

»Spuck's ins Waschbecken«, sagte Lotti und grinste.

Ich rannte ins Bad und spuckte die hellblaue Flüssigkeit ins

Waschbecken. Im Spiegel sah mir ein Gesicht mit blauen Lippen entgegen.

Ich wusch mir den Mund mit rosa Seife ab und ging zurück.

»Klappt's nicht mit Mathe?«, fragte Lotti.

»Nee«, sagte ich.

Lotti legte den Kopf schräg und zog die Augenbrauen hoch.

»Na ja«, sagte ich, »ich mache gar keine Aufgaben. Ich denke über was nach. Über das Leben.«

Wow, wenn das kein guter Anfang war für ein wichtiges Gespräch!

»Da hast du dir aber

was vorgenommen«, sagte Lotti. »Über das Leben nachzudenken, kann viel schwerer sein, als Mathe zu machen.« Sie legte ihre Papiere hin. »Darf man erfahren, über was du so nachdenkst?«

Na also. Es hatte geklappt.

»Es ist wegen Papa«, sagte ich. »Und Tante Birgit. Und Onkel Kais Geburtstag und wegen dem Bestatter. Glaube ich.«

Lotti sah mich an, als sei ich nicht ganz bei Trost.

»Aha«, sagte sie. »Klingt spannend.«

»Hat Papa dir was erzählt?«, fragte ich.

Man weiß ja, wie die Erwachsenen so sind. Sie erzählen gleich alles weiter. Okay, vielleicht sind nicht alle so, aber Tante Birgit auf jeden Fall und Papa ist immerhin ihr Bruder.

»Nee«, sagte Lotti. »Hab ihn seit letzter Woche gar nicht gesehen. War was los?«

»Das kannst du glauben«, sagte ich, und dann erzählte ich Lotti von Onkel Kais Geburtstag und der Sache mit dem Bestatter.

Lotti lachte. »Bestatter?«, fragte sie. »Du hast gesagt, du willst *Bestatter* werden?«

»Ja«, sagte ich. »Aber das war doch nur ein Witz.«

»Bestatter«, sagte Lotti und schüttelte den Kopf. »Jonas, du bist ein Knaller!«

Das hörte ich gern, aber warum Papa und Tante Birgit so komisch drauf waren, verstand ich trotzdem nicht.

»Haben die denn nicht kapiert, dass das ein Witz war?«, fragte ich. »Du hast doch auch gleich gelacht und gesagt, ich bin ein Knaller. Und überhaupt, warum ist es so komisch, Bestatter werden zu wollen? Ist Bestatter ein komischer Beruf?«

»Natürlich nicht«, sagte Lotti. »Es ist nur so, dass man in deinem Alter eigentlich nicht an tote Leute denkt, wenn es darum geht, was man werden will. Jetzt machen sich dein Papa und Tante Birgit wohl Sorgen, dass du nicht denkst wie ein Kind, sondern wie ein Erwachsener. Vor allem, weil ja deine Mama gestorben ist. Vielleicht meinen sie, dass du es deswegen schwerer hast, als du solltest.«

Das klang einleuchtend, aber es machte mich auch wütend. »Warum machen sie sich denn Sorgen?«, sagte ich. »Mir geht das total auf den Keks. Nur weil Papa und ich alleine wohnen, glauben alle, ich bin ein armer Junge und hab es superschwer. Das nervt! Ich hab gedacht, wenigstens Papa hat kapiert, dass das mit dem Bestatter ein Witz war.«

Lotti guckte mich lieb an. »Dein Papa und du«, sagte sie, »ihr redet nicht über so was, oder?«

»Nee«, sagte ich.

Lotti nickte. »Und du findest, dass bei euch alles bleiben soll, wie es ist?«

»Keine Ahnung«, sagte ich. »Glaub schon.«

Lotti lächelte mich an und aus irgendeinem Grund hatte ich plötzlich einen Kloß im Hals.

»Weißt du was?«, sagte Lotti. »Wenn was ist, kannst du mit mir reden. Okay?«

»Klar«, sagte ich.

»Dein Papa natürlich auch«, sagte sie. »Wenn er will.«

Das glaubte ich nun zwar nicht, aber ich fand es cool von Lotti, dass sie das sagte.

»Bestatter«, sagte Lotti und lachte noch mal. »Jonas, du bist ein Knaller!«

»Jonas ist ein Knallerbestatter«, sagte Nina.

Und dann mussten wir alle lachen.

DRITTES KAPITEL,
in dem Tante Birgit das Kommando übernimmt

Ein paar Tage später belauschte ich Tante Birgit und Papa in der Küche. Eigentlich sollte ich von dem Gespräch nichts mitbekommen, aber die Wände in unserer Altbauwohnung sind ziemlich dünn und Tante Birgit redet laut. War nicht meine Schuld, dass ich auf dem Rückweg vom Klo alles mitbekam, was durch die geschlossene Küchentür drang. Tante Birgit redete auf Papa ein, ich brauchte eine Mutter, und das mit dem Männerhaushalt sei ja gut und schön, aber irgendwann sollte damit Schluss sein. Das sei für uns alle besser.

Ich fand, dass sie einen großen Blödsinn redete, aber ich hatte auch keine Lust, mich dazuzusetzen und was zu sagen, also verschwand ich genervt in meinem Zimmer.

Ich saß noch nicht lange an meinem Schreibtisch und blätterte gerade in einer Fußballzeitschrift, als die Tür aufging.

»Na, kleiner Mann?«, sagte Tante Birgit. »Bist du schön fleißig?«

Sie kam einfach so rein, ohne anzuklopfen. Und sie nannte mich *kleiner Mann*! Völlig bescheuert. Sie ging mir so auf den Keks, dass ich beschloss, sie mal wieder richtig zu ärgern.

»Ja«, sagte ich, »ich bin fleißig. Ich muss ja viel lernen, wenn ich ein guter Bestatter werden will.«

Tante Birgit seufzte. Sie setzte sich vorsichtig auf mein Bett, als ob es krachen könnte, wenn sie sich zu schnell setzte.

»Jonas«, sagte Tante Birgit und strich mit der Hand eine nicht vorhandene Falte in der Bettdecke glatt, »dein Papa und ich, wir machen uns Sorgen.«

»Aha«, sagte ich. Ich glaubte ihr kein Wort. Also, dass *sie* sich Sorgen machte, schon. Aber Papa? Nie im Leben. Er wusste doch, dass mit mir alles in Ordnung war.

»Und warum redet dann nicht Papa mit mir?«, fragte ich.

»Manche Sachen können Frauen einfach besser besprechen als Männer«, sagte Tante Birgit. »Ich sage ja immer, in jeden Haushalt gehört eine Frau.«

Sie hatte es wirklich drauf, mir komplett den allerletzten Nerv zu rauben.

»Wir brauchen keine Frau hier«, sagte ich. »Papa und ich, wir kommen prima zurecht.«

»Ach, Jonas«, sagte Tante Birgit und seufzte wieder. »Soll ich dir sagen, was ich glaube?«

Ich hätte zu gern gesagt: *Nee, lieber nicht*, aber dann wäre sie erst richtig in Fahrt gekommen. Also schwieg ich.

Tante Birgit fasste das als Einladung auf. »Ich glaube«, sagte sie, »du bist einsam und brauchst eine Mutter. Du hast bestimmt Fragen, die eine Mutter besser beantworten kann als ein Vater.«

Wie Tante Birgit so da saß und was von einer Mutter sagte, wurde ich wütend.

»Ich habe keine Fragen!«, brüllte ich. »Und einsam bin ich auch nicht! Ich habe Papa! Und meinen besten Freund Daniel!«

»Ja, aber das sind alles Männer«, sagte Tante Birgit. »Das ist nicht gut. Du musst lernen, wie Frauen reden. Und du brauchst jemanden zum Reden. Nicht immer nur Männergespräche. Frauen reden anders als Männer.«

Das hatte ich schon gemerkt. Papa war mir noch nie so auf den Keks gegangen wie Tante Birgit.

»Kann schon sein«, sagte ich. »Aber ich rede ja auch mit Frauen. Mit Lotti.«

Das zählte für Tante Birgit allerdings nicht.

»Diese Lotti mag ja schön und gut sein«, sagte Tante Birgit. »Aber was ich meine, ist nicht irgendeine Nachbarin. Ich meine eine Frau, die bei euch wohnt und immer da ist. So eine.«

»Lotti ist nicht irgendeine Nachbarin«, sagte ich. »Sie ist eine Freundin von uns. Und immerhin bin ich zweimal in der Woche bei ihr, wenn Papa im Büro ist.«

»Von mir aus«, sagte Tante Birgit und seufzte schon wieder. »Aber dein Papa und du, ihr braucht eine Frau, die immer bei euch ist. Nicht nur zweimal die Woche. So ist das eben.«

Da war nichts zu machen. Tante Birgit war richtig in Fahrt gekommen mit ihrer Idee. Und vielleicht hatte sie gar nicht so unrecht.

Neulich hatte Papa echt Stielaugen bekommen, als die Mama

von Tim aus meiner Fußballmannschaft auf dem Sportplatz aus dem Auto gestiegen ist, um Tim abzuholen.
Sie hat lange blonde Haare, einen rot geschminkten Mund und trug eine riesige Sonnenbrille. Damit sah sie ein bisschen aus wie eine Stubenfliege, aber das war Papa egal.
Er guckte Tims Mama an wie ein besonders leckeres Stück Kuchen.

»Warum glotzt du denn so?«, hab ich gefragt.

Papa warf mir einen kurzen Blick zu und sagte: »Das ist ein toller Wagen, den die Frau da fährt.«

Aber ich habe genau gesehen, dass er sein Tussenlächeln aufgesetzt hatte, als Tims Mama vorbeiging.

Wenn Papa eine hübsche Frau anguckt, grinst er immer ganz breit und seine Augen werden ein bisschen glupschig. Papas Tussenlächeln sieht ziemlich dämlich aus.

Deswegen lächeln die Frauen auch nicht zurück, sondern gucken an Papa vorbei.

Vielleicht brauchte Papa ja wirklich mal eine Frau, die zurücklächelt und ihn heiratet.

»Wäre das denn *so* schlimm?«, fragte Tante Birgit. »Wenn Ralf sich wieder verliebt, meine ich.«

Ich sagte nichts und zuckte mit den Schultern.

»Na, siehst du«, sagte Tante Birgit.

Sie tätschelte meinen Kopf, als wäre ich zwei Jahre alt und würde noch am Schnuller nuckeln.

»Tschüs, Jonas«, sagte sie. »Bald wird sich bei euch einiges ändern.« Sie lächelte geheimnisvoll.

»Mhmhm«, brummte ich.

Ich wusste ja nicht, dass Tante Birgit schon einen Plan hatte und bald ernst machen würde.

VIERTES KAPITEL,
in dem Tante Birgit als Stürmer auf den Platz geht

Es war Samstagnachmittag und Papa und ich wollten zum Sportplatz. Heute spielte unser Lieblingsverein.

Ich zog gerade meinen gestreiften Fan-Schal aus dem Schrank, als es klingelte.

»Jonas!«, rief Papa aus dem Bad. »Machst du mal auf? Ich kann gerade nicht!«

Ich ging zur Tür und schaute durch den Spion. Draußen standen Tante Birgit und eine Frau, die ich nicht kannte. Was wollten die denn hier?

»Hallo, Jonas!«, trompetete Tante Birgit, als ich öffnete, und gab mir einen Kuss auf die Backe.

Diese Küsserei finde ich ganz schön eklig und obendrein hab ich danach auch noch Lippenstift im Gesicht.

»Das ist meine Freundin Klara Burgner«, sagte Tante Birgit und strahlte.

»Hallo, junger Mann!«, sagte diese Frau Burgner und schüttelte mir die Hand. Sie hatte eine Menge Parfüm an sich, der ganze Flur roch sofort danach.

Ich musste niesen.

»Wo ist denn dein Papa?«, fragte Tante Birgit. Sie schob ihre Freundin vor sich her in den Flur.

»Auf dem Klo«, sagte ich.

»Toilette, Jonas«, sagte Tante Birgit. »Das heißt Toilette. Dass ihr Männer immer so derbe Wörter benutzt!«

Sie sah ihre Freundin entschuldigend an und schüttelte den Kopf. Die bekam das aber gar nicht mit, denn sie schaute sich neugierig im Flur um.

Tante Birgit drückte mir ihre Jacke und die von ihrer Freundin in die Hand. »Kannst du die bitte aufs Sofa legen? Eine Garderobe habt ihr ja nicht.«

Ich nahm die Jacken und legte sie auf einen Sessel im Wohnzimmer.

Papa kam aus dem Bad.

»Birgit«, sagte er. »Das ist ja eine Überraschung.« Er klang nicht sehr begeistert.

Tante Birgit weiß genau, dass Papa und ich samstags immer zum Fußball gehen, aber es kümmerte sie wohl nicht.

»Ich war gerade zufällig mit meiner Freundin Klara Burgner in der Stadt, und da dachte ich, schaue ich doch mal, wie es euch so geht«, sagte sie. »Klara möchte nämlich ihre Wohnung umbauen, und du als Architekt kannst ihr doch bestimmt einen kleinen Rat geben, nicht? Wir haben auch Kuchen mitgebracht.«

Ich konnte Papa ansehen, dass er Tante Birgit mitsamt ihrer Freundin am liebsten vor die Tür gesetzt hätte, aber er tat es nicht. Stattdessen gingen wir in die Küche und Papa kochte Kaffee.

»Klara ist nämlich frisch geschieden und da will sie natürlich in ihrer Wohnung einiges ändern«, sagte Tante Birgit.

Diese Klara nahm ihre Kaffeetasse mit spitzen Fingern in die Hand und wischte über den Tisch, bevor sie die Tasse abstellte.

Das merkte ja ein Blinder mit Krückstock, dass Tante Birgit nicht wegen der Wohnung gekommen war. Sie wollte Papa ihre Freundin andrehen.

»Ralf ist ein sehr guter Architekt«, sagte sie zu der Burgner, und zu Papa: »Du hilfst ihr sicher gern, nicht wahr?«

»Selbstverständlich«, sagte Papa und sah Tante Birgit an. Seine Augen funkelten gefährlich. »Ich kann Frau Burgner gern für nächste Woche einen Termin bei meinem Mitarbeiter geben. ICH bin ausgebucht.«

Tante Birgit sah Papa an, als wollte sie ihn auffressen.

»Na, dann kannst du doch jetzt ein kurzes Beratungsgespräch mit ihr führen«, sagte sie. »Fünf Minuten für einen kleinen Gefallen wirst du ja wohl haben.«

»Tut mir leid, Birgit«, sagte Papa. »Aber du weißt, dass Jonas und ich samstags immer auf den Fußballplatz gehen.«

»Ach, Sie mögen Fußball?«, fragte Tante Birgits Freundin. »Wie interessant!« Es klang allerdings, als fände sie es überhaupt nicht interessant, sondern total langweilig.

»Jonas und ich, wir finden Fußball ganz toll«, sagte Papa. »Jonas spielt in der E-Jugend. Und wir kicken gern mal hier im Flur. Stimmt's, Jonas?«

»Ja«, sagte ich. »Und weil wir alle Vasen kaputt geschossen haben, stellen wir erst gar keine mehr auf.«

25

Tante Birgit wurde rot. Sie sah richtig sauer aus.

»Und jetzt, meine Damen«, sagte Papa freundlich, »müssen wir uns leider fertig machen zum Gehen.« Er stand auf.

»Na, dann«, sagte Tante Birgit. »Wir telefonieren, Ralf.«

»Gern«, sagte Papa und lächelte Tante Birgit breit an.

Ich bemerkte, dass Tante Birgit Worte mit den Lippen formte, sodass nur Papa sie sehen konnte. Dann rauschte sie mit ihrer Freundin wieder ab.

»Birgit ist unmöglich«, sagte Papa. So wütend hatte ich ihn selten gesehen. »Mir hier ein fremdes Frauenzimmer anzuschleppen! Ohne Vorwarnung! Die will doch nie im Leben ihre Wohnung umbauen. *Frisch geschieden*, so ein Zufall!« Er schnaubte. »Verkuppeln will sie mich. Aber ich suche mir meine Freundin schon selbst aus, wenn ich eine will. Komm, Jonas, zieh deine Jacke an, wir gehen.«

Wenn unsere Stadtmannschaft spielt, gehen wir immer ins Stadion, Papa und ich. Es ist zwar nur die Kreisliga und das Stadion ist ziemlich klein, aber ich finde es immer klasse da.

Wir waren gerade auf dem Weg nach unten, als uns Lotti und Nina entgegenkamen.

»Geht ihr zum Fußball?«, fragte Lotti und deutete auf unsere Schals, die in den Vereinsfarben leuchteten.

»Wollt ihr mitkommen?«, fragte ich.

Ich wusste, dass Lotti immer den Sportteil in der Zeitung durchlas.

»Gern«, sagte Lotti. »Fußball am Samstag im Stadion ist genau das Richtige, nicht, Nina?«

Nina lachte, obwohl sie sicher keinen Schimmer hatte, was ein Stadion ist.

Papa und ich mussten gar nicht lange warten. Lotti stellte nur ihre Einkaufstaschen in ihre Wohnung und tauschte ihre hohen Schuhe gegen Turnschuhe.

Draußen war es schon richtig warm. Ich schob die Kinderkarre mit Nina, während Papa Lotti von Tante Birgit und ihrer Freundin erzählte.

»Sie hat *was*?«, rief Lotti und lachte.

»Du hast gut lachen«, sagte Papa. »Du kennst Birgit nicht. Sie ist wild entschlossen, mich unter die Haube zu bringen.« Er rollte die Augen.

»Und diese … Freundin von deiner Schwester war nicht nach deinem Geschmack?«

»Um Himmels willen!«, rief Papa. »Unmöglich war die. Außerdem will ich samstags zum Fußball, nicht meine Schwester mit ihrer komischen Freundin in der Bude hocken haben.«

Wir hatten dann einen richtig schönen Tag zusammen. Unser Stadion ist eigentlich eher ein Fußballplatz mit ein paar Tribünen außenrum, und zwischen den Tribünen und den Stehblöcken gibt es eine kleine Wiese, auf die man sich setzen kann. Da saßen wir dann im Gras, Papa, Lotti, Nina und ich, während auf dem Platz das Spiel in vollem Gange war.

»Ich hab gar nicht gewusst, dass du gern Fußball guckst«, sagte Papa zu Lotti.

»Doch, doch«, sagte Lotti. »Aber eigentlich nur Bundesliga

27

und die großen Turniere. Mit den kleineren Ligen kenne ich mich nicht aus.«

»So was«, sagte Papa erstaunt. »Und dann kommst du freiwillig mit hierher?«

»Ach«, sagte Lotti, »ist doch nett hier. Frische Luft und so. Außerdem, warum soll man nur die großen Mannschaften angucken? Man muss doch auch die kleinen unterstützen.«

Gerade flog der Ball ins Tor und Lotti sprang auf.

»Tor!«, rief sie und klatschte.

»Tor!«, rief Nina und klatschte auch.

»So ein Mist!«, sagte Papa.

Lotti guckte uns verdutzt an.

Papa wedelte mit seinem Schal und deutete aufs Spielfeld.

»Ach so«, sagte Lotti. »Das Tor war für die anderen.«

Papa nickte. »Aber die brauchen ja auch ein paar, die für sie klatschen, wo sie doch von auswärts kommen und nur so wenige Fans dabeihaben,« sagte er.

Lotti kicherte. »Da bin ich aber froh, dass ich bei euch nicht in Ungnade gefallen bin«, sagte sie.

Nach dem Spiel kaufte Papa für uns alle Würstchen und auf dem Nachhauseweg spielten wir *Ich sehe was, was du nicht siehst.*

Ich war richtig traurig, als Lotti und Nina sich im Flur von uns verabschiedeten.

»Vielleicht können wir nächsten Samstag zusammen Bundesliga im Fernsehen schauen?«, fragte ich.

»Gute Idee«, sagte Papa und sah Lotti an. »Wenn du Lust hast, natürlich.«

»Aber nur, wenn ich bis dahin gelernt habe, für welche Mannschaft ich jubeln muss«, sagte Lotti fröhlich.

Als Papa und ich abends im Wohnzimmer saßen und *Mau-Mau* spielten, fand ich es zum ersten Mal schade, dass wir nur zu zweit waren.

Bisher hatten Papa, Lotti, Nina und ich nur selten was zusammen gemacht: Einmal hatten wir zusammen Pizza gegessen, das war, als Lotti und Nina gerade eingezogen waren, und manchmal gingen wir zusammen einkaufen.

Aber heute war es fast so gewesen, als wären wir eine Familie.

Vielleicht war Tante Birgits Idee mit einer Frau für Papa ja doch gar nicht so schlecht.

Aber bloß nicht so eine wie ihre komische Freundin mit den spitzen Fingern, die Fußball blöd fand.

Eher so eine wie Lotti.

FÜNFTES KAPITEL,

*in dem wir einen gemütlichen Fußballnachmittag haben
und Papa einen Brief bekommt*

Eine Woche später saßen Papa, Lotti, Nina und ich dann tatsächlich zusammen vor dem Fernseher und guckten Fußball.

»Gib doch ab, du Döskopp!«, rief Papa und rutschte im Sessel hin und her.

»Flanke, Flaaaaaanke!«, brüllte Lotti.

»Döskopp!«, krähte Nina und lachte. Nina ist erst zwei Jahre alt, sie weiß bestimmt nicht mal, was ein Döskopp ist, aber solche Wörter lernt sie am schnellsten.

Der Ball flog gerade haarscharf am Torpfosten vorbei, und Papa sagte: »Mannomann, so wird das nichts mit dem Klassenerhalt«, da klingelte es.

Papa guckte auf seine Uhr. »Sie gibt nicht auf«, sagte er, »sie gibt einfach nicht auf.«

»Birgit?«, fragte Lotti.

»Garantiert«, flüsterte Papa. »Hundertprozentig.«

Aus dem Fernseher schallte ein Pfeifkonzert. Papa drehte den Ton leiser.

Wir blieben alle mucksmäuschenstill sitzen. Sogar Nina hörte auf zu krähen. Meine Nase kitzelte.

Es klingelte wieder.

Papa stand auf, vorsichtig, um keinen Lärm zu machen, und schlich in den Flur.

Ich schlich hinterher.

Wir haben zwar Parkettfußboden, aber Papa und ich wissen ganz genau, wo wir drauftreten müssen, damit er nicht knarzt. Außerdem trugen wir beide unsere Superflauschparkettschonerstrümpfe. Ein Weihnachtsgeschenk von Tante Birgit.

Ich finde es irre lustig, dass wir die Strümpfe von Tante Birgit dazu brauchen können, heimlich durch den Flur zu schleichen, um rauszufinden, ob sie hinter der Tür steht.

Ich linste durch den Spion. Hinter dem gewölbten Glas konnte ich nur ein riesiges Auge sehen, aber das reichte schon. Es war eindeutig Tante Birgit.

Ich hielt den Atem an. Aus dem Wohnzimmer hörte man nur ganz leise den Fernseher.

»Ich weiß doch, dass ihr da seid!« Tante Birgits Stimme drang ärgerlich durch die Wohnungstür.

Papa verlagerte sein Gewicht auf den anderen superflauschparkettschonerbestrumpften Fuß und zwinkerte mir zu.

»Seid ihr wirklich nicht da?«, rief Tante Birgit. Sie klang jetzt doch unsicher.

Aus dem Wohnzimmer hörte ich Nina krähen.

»Hallo?«, rief Tante Birgit. Dann brummelte sie irgendwas vor sich hin.

Als die Haustür ins Schloss fiel, gingen wir zurück ins Wohnzimmer.

Papa schaute aus dem Fenster. »Da unten geht sie«, sagte er. »Glück gehabt! Dass Birgit aber auch nicht begreift, dass wir am Wochenende unsere Ruhe haben wollen.«

»Nee«, sagte Lotti, »das begreift sie wohl nicht.« Sie grinste und nahm sich ein paar Erdnüsse.

Papa grinste auch und drehte den Ton am Fernseher wieder lauter.

Nach dem Fußballspiel wollte Lotti nach Hause. Sie fischte Nina unter unserem Wohnzimmertisch hervor. Da sitzt sie nämlich gern und spielt.

Nina wehrte sich ein bisschen, aber Lotti klemmte sie unter den einen Arm und zog mit der anderen Hand ihren Wohnungsschlüssel aus der Jeanstasche.

»Tschüs«, sagte sie und marschierte in den Flur.

»Tschüs«, sagte Papa, sah kurz auf und guckte dann weiter auf den Fernseher, wo jetzt ein Fußballer interviewt wurde. Er guckt nämlich gern auch noch die Reportagen und Interviews nach dem Spiel.

Ich fand, dass Papa Lotti und Nina zur Tür bringen könnte, und stieß ihn in die Seite. Aber der kriegte das gar nicht richtig mit. Also ging ich schnell hinter Lotti her.

»Tschüs«, sagte ich, als die beiden zur Tür rausgingen.

Ich winkte Nina zu. Sie winkt nämlich immer zurück, und das sieht irgendwie echt süß aus.

»Guck mal«, sagte Lotti, »da liegt was auf eurer Fußmatte.« Sie hob einen Umschlag auf und hielt ihn mir hin.

»Ralf« stand darauf. Ein Brief für Papa? Von wem konnte der denn sein?
»Danke«, sagte ich. Während ich zurück ins Wohnzimmer ging, betrachtete ich den Brief genauer. Der Umschlag war hellblau und innen knisterte etwas.
Ich hoffte, Papa würde den Umschlag gleich öffnen, denn ich war neugierig, was darin war.
»Guck mal, Papa«, sagte ich und hielt ihm den Umschlag hin. »Da war ein Brief für dich auf der Fußmatte.«
»Ja, ja«, sagte Papa.

Er nahm mir den Brief aus der Hand, ohne hinzusehen, denn er starrte weiter auf den Fernseher, wo der Ball gerade in Zeitlupe ins Tor schwebte. Der Moderator erklärte, warum Papas Mannschaft ganz zu Recht den letzten Tabellenplatz belegte.

»Willst du ihn nicht aufmachen?«, fragte ich.

»Später«, sagte Papa.

Da war wohl nichts zu machen. Ich hatte keine Lust, mir die Reportagen anzusehen, und verzog mich in mein Zimmer.

Jetzt, wo Lotti und Nina weg waren, war es still in der Wohnung. Trotz des Fernsehers, der immer noch lief. So langsam konnte ich mich doch mit der Idee anfreunden, dass aus unserem Männerhaushalt ein Männerundfrauenhaushalt werden könnte. Wenn sich Papa und Lotti verlieben würden – das wäre perfekt!

SECHSTES KAPITEL,

in dem Papa und ich ein Männergespräch führen

Es war Montagabend, als ich beschloss, Papa auf die richtige Idee zu bringen. Wir saßen im Wohnzimmer, Papa schaute Nachrichten und ich bastelte an einem Papierflieger herum.

»Papa«, sagte ich. »Am Samstag könnten wir doch wieder mit Lotti und Nina zum Fußball gehen, oder?«

»Nein«, sagte Papa, ohne mich anzusehen. »Die Mannschaft spielt auswärts.«

Stimmt, daran hatte ich nicht gedacht. Aber so leicht gab ich nicht auf. »Dann können wir doch hier zusammen das Spiel im Fernsehen gucken.«

»Wird nicht übertragen«, sagte Papa.

So kam ich nicht weiter.

»Papa«, sagte ich. »Findest du Lotti eigentlich hübsch?«

»Mensch, Jonas«, sagte Papa. »Lass mich jetzt in Ruhe die Nachrichten schauen!«

»Ich mein doch nur«, sagte ich.

Papa seufzte. »Also gut«, sagte er. »Schlecht sieht sie nicht aus.«

Das klang nicht gerade superbegeistert. Wenn mich jemand fragen würde, wie Naomi aussieht, würde mir jedenfalls nur *Wahnsinn* einfallen. Naomi ist ein Mädchen aus meiner Klasse und ich bin ein bisschen in sie verknallt.

»Also, ich finde Lotti hübsch«, sagte ich.

»Ist sie ja auch«, sagte Papa. »Aber *so* sieht sie halt nicht aus.« Er zeigte auf den Bildschirm, wo eine blonde Nachrichten-sprecherin gerade etwas über Aktien sagte.

Papa hat nämlich sehr genaue Vorstellungen, wie seine Traumfrau aussehen sollte. Blond muss sie sein und schlank, mit Kurven an den richtigen Stellen.

»So eine Frau kann einem die schlechtesten Nachrichten der Welt vortragen und schon ist alles nur noch halb so schlimm«, sagt er immer. Kreuzdämlich sieht er aus, wenn er mit seinem Tussenlächeln vorm Fernseher sitzt. Ich wünschte, er würde Lotti auch mal so anlächeln, aber für Lotti hat er nur sein Kumpellachen übrig.

Da musste ich mir wohl was anderes einfallen lassen. Während Papa die Nachrichten zu Ende guckte, grübelte ich darüber nach, wie ich herausfinden konnte, was er über Lotti dachte.

Als es mir dann plötzlich einfiel, dachte ich: »Logisch, Mensch!« Offensichtlich hatte ich laut gedacht, denn Papa guckte mich an.

»Alles klar mit dir, Jonas?«, fragte er.

Ich nickte. Klar wie Kloßbrühe! Zum Glück ertönte gerade die Schlussmusik der Nachrichten und Papa schaltete den Fernseher aus.

»Papa«, sagte ich. »Woran merkt man, dass man verliebt ist?«

Ich war echt stolz darauf, dass mir das eingefallen war. Ich brauchte nur so zu tun, als brauchte ich Papas Rat, und er würde mir sicher haarklein erzählen, woran man Verliebtsein erkennt. Und beim nächsten Treffen mit Lotti musste ich nur noch aufpassen, wie er sich verhielt.

»Ach, deshalb bist du so komisch drauf«, sagte Papa. »Jetzt begreife ich. Du bist verliebt.« Er strahlte mich an.

»Ich weiß nicht«, sagte ich. »Vielleicht.«

»Ja, wenn das so ist«, sagte Papa und drehte sich mir zu. Er zog die Beine auf die Couch und stellte sein Glas auf das Beistelltischchen neben der Armlehne. Offenbar richtete er sich auf ein längeres Gespräch ein.

Es gibt ja wenig, was ich peinlicher finde, als mit Papa übers Verliebtsein zu sprechen, aber wenn ich wollte, dass das mit Lotti und ihm was wurde, musste ich da durch.

»Also«, sagte er, »wie heißt sie denn?«

»Naomi«, sagte ich. »Naomi ist in meiner Klasse und sie ist eindeutig die Schönste von allen Mädchen auf der Schule.«

»Also«, sagte Papa, »es muss funken, wenn man sich in die Augen schaut.« Er lächelte sein Tussenlächeln. »Verstehst du?«, sagte er und guckte durch mich hindurch. »Ein Blick und man kriegt Herzklopfen.«

Das verstand ich. Denn das hatte ich auch, wenn ich Naomi anguckte. Aber erst seit Freitag. Da hatten wir Schulschwimmen und Naomi sah im Badeanzug einfach klasse aus.

Heute Morgen, als Naomi an mir vorbeiging, hab ich sie sogar urplötzlich in einem roten Bikini vor mir gesehen, obwohl es noch kalt war und sie statt eines Bikinis einen Regenmantel trug, unter dem die Jeans rausguckten.

»Was starrst du denn so?«, fauchte Naomi.

»Bilde dir bloß nichts ein«, sagte ich, obwohl mein Herz pochte. »Was soll's denn bei dir zu sehen geben?«

Naomi war beleidigt. »Idiot«, sagte sie, drehte sich um und stapfte die Treppe zum Klassenraum hinauf.

Wenigstens hatte ich es definitiv geschafft, mein Herzklopfen zu verbergen.

»Papa«, sagte ich, »wenn man ein Mädchen auf einmal im Bikini sieht statt in normalen Kleidern, ist man dann verliebt?«

Papa starrte mich an. Dann zuckten seine Mundwinkel.

»Nicht unbedingt«, sagte er. »Dann ist man höchstens verknallt. Aber der Unterschied zwischen verknallt und verliebt ist in deinem Alter noch nicht so wichtig.«

»Und in deinem?«, fragte ich. »Ist er da wichtig?«

»Schon eher«, sagte Papa. »Wenn man richtig verliebt ist, dann denkt man den ganzen Tag an den anderen. Man will immer mit ihm zusammen sein. Und da ist es auch nicht wichtig, wie der andere in Badekleidung aussieht. Da ist es wichtig, wie er lacht und denkt und redet.«

Das klang gut. Schließlich sind Papa und Lotti oft zusammen und sie lachen und reden viel miteinander.

»Und wenn der andere auch in einen verliebt ist, dann wird das auch was?«, fragte ich.

»Na, hoffentlich«, sagte Papa. »Wenn zwei ineinander verliebt sind, müssen sie sich das natürlich auch zeigen.«
»Und wie geht das?«, fragte ich.
Hoffentlich hielt Papa mich nicht für blöd. Mein Freund Daniel hatte gesagt, er weiß, wie das geht: Am besten schreibt man Zettelchen, und wenn man es besonders schnell wissen will, malt man zwei Kästchen auf den Zettel und schreibt darüber »Willst du mit mir gehen?«, und neben das eine Kästchen schreibt man »Ja« und neben das andere »Nein«. Dann braucht das Mädchen nur noch anzukreuzen.
Vor ein paar Wochen hat Daniel ausprobiert, ob es tatsächlich klappt: In der Mathestunde warf er so einen Zettel zu Laura. Er war hundertprozentig sicher, dass das klappt. Er hatte nämlich nur ein Kästchen für »Ja« hingemalt.

Es klappte aber nicht zu hundert Prozent. Laura hat den Zettel wütend zusammengeknüllt und ihn Daniel an den Kopf geworfen.

Bei den Erwachsenen lief das garantiert anders. Ich konnte mir nicht vorstellen, dass Lotti Papa einen Zettel an den Kopf feuert, auf den Papa »Willst du mit mir gehen?« geschrieben hat. Ich hoffte, dass er eine bessere Idee hatte.

»Schwierig«, sagte Papa. »Am besten lädt man die Frau seines Herzens zum Essen ein oder ins Kino und guckt ihr tief in die Augen.«

»Und dann?«, fragte ich.

»Na, dann guckt sie hoffentlich genauso zurück«, sagte Papa.

»Und dann geht man zusammen?«, fragte ich etwas ungläubig.

»So ungefähr«, sagte Papa. »Irgendwann küsst man sich und dann ist man ein Paar.«

Aha. Das Ganze war doch schwieriger, als ich es mir vorgestellt hatte.

»Die Liebe«, sagte Papa, »ist ein Geschenk. In deinem Alter verknallt man sich oft. In meinem nicht mehr so oft. Da muss man schon eine Menge Glück haben, die Richtige zu finden. Eine, mit der man alles teilen will. Je älter man wird, desto schwieriger wird es.«

Papa konnte nur von Lotti reden, da war ich mir sicher. Sie war die einzige Frau, mit der er überhaupt etwas unternahm. Und sie guckten sich oft in die Augen. Vielleicht brauchte Papa nur einen kleinen Schubs.

»Dann wird es aber Zeit für dich«, sagte ich.

Papa sah mich überrascht an. »Vielleicht hast du recht«, sagte er.

Ich war erleichtert. Wenn Papa und Lotti sich verliebten, würde Tante Birgit endlich damit aufhören, Papa anzurufen und zu sagen, dass ich ein armer Junge bin.

Jetzt musste ich nur noch auch Lotti einen kleinen Schubs geben.

SIEBTES KAPITEL,

*in dem ich eine taktische Besprechung mit
dem Frauenteam habe*

Ich hatte den ganzen Weg von der Schule nach Hause darüber nachgedacht, wie es wäre, wenn Papa und Lotti zusammen wären. Mit Nina und Lotti machte alles irgendwie mehr Spaß, und wenn Lotti und Papa heirateten, würden wir immer alles gemeinsam machen.

Ich war also richtig gut drauf, als ich auf die Klingel neben Lottis Tür drückte und sie mit ihrem Lotti-Lachen im Türrahmen auftauchte.

Der ganze Flur roch nach Spaghetti Carbonara und die Küche erst recht. Nina saß in ihrem Stühlchen und kippelte mit einem Wasserbecher herum.

»Na«, sagte Lotti, »Hunger mitgebracht?« Sie rührte in dem Soßentopf.

»Ziemlich«, sagte ich.

Dann nahm ich Teller aus dem Regal und begann, den Tisch zu decken.

»Danke«, sagte Lotti und schüttete die Nudeln in ein Sieb.

»Mein Chef spinnt«, sagte sie dann. »Er hat mich tatsächlich heute Morgen gefragt, ob ich nicht ein paar Stunden länger bleiben kann. Er weiß doch genau, dass ich Nina von der Krippe abholen muss und nicht einfach so umplanen kann.«

»Der spinnt, aber echt«, sagte ich.

»Ja, und zwar gewaltig«, sagte Lotti. Sie stellte die Schüssel mit den Nudeln auf den Tisch. »Spinnen sie in der Schule auch? Es ist Vollmond. Das wäre eine gute Erklärung.«

Wir mussten beide lachen.

Lotti fragt nie wie andere Erwachsene: »Na, wie war es in der Schule?« Sie würde auch nie so dämliche Fragen stellen wie: »Was willst du denn mal werden?« Wir reden darüber, was mir Spaß macht oder ob ich was Interessantes gelernt habe. Da kann ich immer was erzählen.

»Ja«, sagte ich. »In der Schule spinnen sie sowieso alle. Besonders Naomi.« Ich wurde rot.

Lotti sagte nichts, sie guckte mich nur neugierig an.

»Na ja, Naomi halt«, sagte ich. Jetzt wurde ich doch verlegen. Ich kitzelte Nina am Bauch. Nina gluckste vor Freude.

»Wenn du willst«, sagte Lotti, »kannst du mir von Naomi erzählen. Nina versteht sowieso noch nichts und ich verrate keinem ein Sterbenswörtchen.«

Es war die perfekte Gelegenheit, Lotti den Schubs zu geben, den ich Papa gegeben hatte. Ich hoffte, dass sie sich verriet, wenn ich mit dem Thema »Verliebtsein« anfing.

Wir setzten uns an den Tisch.

»Ich glaub, die ist in mich verknallt«, sagte ich.

Eigentlich war es ja eher andersrum, aber das würde ich nie-

44

mandem erzählen, nicht mal Lotti. Sogar meinem Freund Daniel hatte ich nichts davon gesagt.

»Echt?«, sagte Lotti. »Sieh mal an! Und wieso spinnt sie, deine Verehrerin?«

»Weil«, sagte ich, »sie mich im Unterricht die ganze Zeit angeguckt hat, aber wenn ihre Freundinnen dabei sind in der Pause, dann tut sie so, als würde sie mich nicht kennen.«

»Typisch«, sagte Lotti und häufte Nudeln auf meinen Teller.

»Was?«, fragte ich.

»Na, typisch, dass sie so tut, wenn andere dabei sind. Das heißt, dass sie total verknallt ist.«

Jetzt kamen wir der Sache näher.

»Woran merkt man denn noch so, ob jemand verknallt ist?«, fragte ich.

Lotti dachte nach. »Also«, sagte sie. »Wenn jemand verknallt ist, dann denkt er die ganze Zeit an den anderen. Und grinst dämlich, wenn der andere in der Nähe ist. Grinst sie, deine Naomi?«

»Äh, ja«, sagte ich. »Und sonst so?«

»Man schwebt auf Wolke sieben«, sagte Lotti. »Und vergisst viele alltägliche Dinge, weil man nur den anderen im Kopf hat.«

Sie schob mir den Teller mit den Nudeln hin, gab Nina eine kleine Portion und nahm sich selbst.

Plötzlich fiel mir etwas ein. Heute Morgen hatte Papa seine Aktentasche vergessen! Wir saßen schon im Auto, da fluchte er und musste noch mal die Treppen raufrennen. Wenn das kein sicheres Zeichen war, dass er verliebt war! Er vergaß sonst selten etwas.

Ich goss ordentlich Soße auf meine Nudeln und tat ganz cool, damit Lotti nichts merkte.

»Meine Oma hat immer gesagt: Wenn das Essen versalzen ist, ist der Koch verliebt«, sagte Lotti.

»Echt?«, sagte ich.

»Ja«, sagte Lotti. »Weil der Koch beim Salzstreuen an den denkt, in den er verliebt ist. Und einfach weiterstreut.«

Ich dachte nach. Das war Papa noch nie passiert.

Ich schob mir eine Gabel voll Carbonara-Spaghetti in den Mund. Lotti kocht super, und ich freu mich immer darauf, bei ihr zu essen.

Ich hatte noch nicht richtig angefangen zu kauen, da zog sich alles in meinem Mund zusammen und ich japste.

Lotti japste auch und Nina sagte »Bäh!« und spuckte ihre Nudeln auf den Teller.

»Ach, du Schande!«, sagte Lotti und verzog das Gesicht. »Was ist das denn!«

Lotti hatte das Essen versalzen! Und sie hatte gerade selbst erzählt, was das bedeutete. Das war der Beweis: Lotti war verliebt!

»Wo hab ich bloß meine Gedanken?«, rief Lotti.

Sie schüttelte den Kopf. »Bestimmt hat Nina mich abgelenkt, als ich gesalzen habe. Wo sind wir gerade stehen geblieben?«

»Wie man merkt, dass man verliebt ist«, sagte ich.

Lotti wurde rot. »Ah ja«, sagte sie. Sie sah mich nicht an.

46

»Komm, wir bestellen was beim Chinesen! Das hier kann ja kein Mensch mehr essen.«

Der chinesische Koch war auf jeden Fall nicht verliebt. Die Nudeln schmeckten ein bisschen fade, aber mit dem Ei drin war es doch ganz lecker.

»Weißt du«, sagte Lotti, als wir beim Nachtisch saßen und gebackene Banane in uns reinschaufelten, »wegen dem Ver-

liebtsein – ich glaube, man merkt es einfach, wenn es so weit ist.«

Sie sah versonnen aus dem Fenster.

»Verliebtsein ist schön, Jonas«, sagte sie. »Genieß es. In deinem Alter verliebt man sich noch schneller als in meinem.«

Genau das hatte Papa auch gesagt. Wenn das kein Zeichen war! Papa und Lotti passten einfach perfekt zusammen.

Sie mussten es nur noch merken.

ACHTES KAPITEL,
in dem Papa aktiv wird

Es war Samstagmorgen und schon ziemlich warm.
Papa und ich saßen auf unserem kleinen Balkon und früh-
stückten. Papa trug seine Wochenendhose und schlürfte
Kaffee.
Papas Wochenendhose ist schon uralt und so sieht sie auch
aus. Die Knie sind ganz dünn gescheuert und die Hosen-
beine sind voller Grasflecken vom Fußballspielen. Die Wo-
chenendhose ist Tante Birgit natürlich ein Gräuel.
»So kannst du doch nicht rumlaufen, Ralf«, sagt sie immer.
»Unmöglich sieht das aus!«
»In meiner Wohnung laufe ich rum, wie ich will«, antwor-
tet Papa dann. »Was Gemütlicheres als diese Hose gibt es
nicht.«
Er hat sie sogar getragen, als Lotti und Nina zum Fußball-
gucken da waren.
Apropos Lotti und Fußball.
»Papa«, sagte ich, »gehen wir morgen mit Lotti und Nina
zum Fußball-Sommerfest?«
Ich hatte mir überlegt, dass Papa und Lotti sich so oft wie

möglich sehen mussten, und so ein Sommerfest war doch genau das Richtige.

»Morgen?«, sagte Papa. »Nein, morgen nicht. Du und ich, wir beide, haben morgen nämlich etwas Besonderes vor.« Er zwinkerte mir zu und pustete in seine Tasse.

Papa und ich hatten was Besonderes vor? Meistens waren doch auch die Sonntage für Fußball reserviert.

»Was machen wir denn?«, fragte ich.

»Wir gehen wandern«, verkündete Papa.

Ich verschluckte mich an meinem Saft.

Ich hustete und Papa klopfte mir auf den Rücken.

»Wieso denn wandern?«, rief ich. »Wir gehen nie wandern! Und morgen ist das Fußball-Sommerfest!«

»Na, aber morgen gehen wir eben ausnahmsweise mal wandern. Das Sommerfest ist doch nicht so wichtig.«

Das waren ja ganz neue Töne bei Papa.

»Wandern können wir immer gehen. Wieso denn ausgerechnet morgen?«, sagte ich.

»Weil«, sagte Papa, »morgen ein besonderer Wandertag ist. Wir gehen nicht allein.« Er machte eine Pause und sah mich an wie ein Hund seinen vollen Fressnapf.

Ich hatte keine Ahnung, ob ich mich jetzt freuen sollte, denn das erwartete Papa offensichtlich. Am Ende würden wir noch mit Tante Birgit, Onkel Kai und meinem Cousin Sven losziehen. Wandern ist schon schlimm genug, aber mit Tante Birgit und ihrem nervigen Sohn, nein danke! Vielleicht hatte Papa aber auch an Lotti und Nina gedacht? Ich sah ihn gespannt an.

»Es gehen ganz viele Leute mit«, sagte Papa. »Mit Kindern. Da sind bestimmt ein paar so alt wie du.«

Jetzt verstand ich überhaupt nichts mehr.

»Also«, sagte Papa und zog einen Prospekt aus der ausgebeulten Tasche seiner Wochenendhose. »Hier steht alles drin.«

Er faltete den Prospekt auf und las vor:

Amor-Treff

Wenn Sie die Einsamkeit leid sind, ist der Amor-Treff
genau das Richtige für Sie.

Lernen Sie neue Leute kennen — in angenehm
lockerer Atmosphäre.

Alle Singles — gern auch Alleinerziehende — sind
herzlich eingeladen zu unserem nächsten Treffen
am Sonntag, dem 19. Mai.

Wir treffen uns um 11 Uhr am Waldparkplatz Grünforst
zum diesjährigen Maiwandern.

Geplant ist der Rehwanderweg auf einer Länge von zehn
Kilometern mit anschließender Einkehr im Blauen Hirschen.

Bitte Getränke und Verpflegung für unterwegs mitbringen!

Papa sah mich erwartungsvoll an.

»Na?«, sagte er. »Ist das nicht toll?«

DAS war Papas tolle Idee? Deswegen wollte er nicht zum
Fußballfest? Um mit einem Haufen fremder Leute durch
den Wald zu latschen? Und ich sollte da mit?

»Nee«, sagte ich. »Keinen Bock.«

»Jonas«, sagte Papa, »du hast doch selbst gesagt, eine Frau
im Haus wäre gar nicht so schlecht. Und vielleicht kann man
bei diesem Amor-Treff eine nette Frau kennenlernen. Es ist
ja nur mal so eine Idee. Ein bisschen wandern ist doch schön.
Da sind auch andere Kinder dabei, das wird sicher lustig.«

Ja, klar hatte ich gesagt, eine Frau im Haus wäre gar nicht
so schlecht, aber dabei hatte ich an Lotti gedacht, nicht an
irgendeine wildfremde!

»Und wenn die alle doof sind«, sagte Papa, »dann gehen wir eben wieder. Ich dachte, wir probieren es mal aus. Ist doch eine schöne Idee von Tante Birgit.«

Tante Birgit? Was hatte denn die damit zu tun?

Ich sah Papa mit hochgezogenen Augenbrauen an.

»Na ja«, sagte Papa. »Der Prospekt war in dem Umschlag, den du mir letzte Woche gegeben hast. Als Lotti und Nina zum Fußballgucken hier waren. Der war von Tante Birgit.«

Das hätte ich mir ja denken können, dass wieder mal Tante Birgit ihre Finger im Spiel hatte. Und ich hatte Papa den Umschlag auch noch selbst gegeben! Warum hatte ich ihn nicht einfach in den Flur gelegt, wo er garantiert unter dem Altpapier, das wir dort immer ablegten, verschwunden wäre?

»Lass es uns doch mal versuchen«, sagte Papa. »Ja?«

Was sollte ich machen? Papa guckte mich so begeistert an, dass ich ihn nicht enttäuschen wollte.

»Von mir aus«, sagte ich also. »Aber nächste Woche gehen wir wieder zum Fußball, ja?«

»Klar.« Papa strahlte. »Du wirst sehen, es wird bestimmt toll morgen.«

NEUNTES KAPITEL,

in dem der Liebesgott persönlich den Waldlauf anführt

Am nächsten Morgen kamen wir pünktlich um elf auf dem Waldparkplatz an. Wir waren trotzdem nicht die Ersten. Ein paar andere Autos parkten schon da und am Anfang des Wanderwegs stand eine Gruppe von Leuten. Ich sah auf den ersten Blick, dass nicht viele Kinder dabei waren.

»So«, sagte Papa. »Dann wollen wir mal!«

Er guckte nervös in den Rückspiegel und fuhr sich mit der Hand durch die Haare, dann stiegen wir aus.

Heute trug Papa nicht seine Wochenendhose, sondern eine Jeans und ein kariertes Hemd. Mit all den Bäumen ringsum sah er ein bisschen aus wie ein Holzfäller.

Während wir zu der Gruppe marschierten, schaute ich mir alle schon mal an.

Es waren ungefähr gleich viele Männer und Frauen. Eine fiel mir sofort auf. Sie sah so aus, als ob sie Papa gefallen könnte: blond und kurvig. Obwohl es im Wald schattig war, trug sie eine große Sonnenbrille. Sie erinnerte mich an Tims Mutter.

Neben ihr stand ein Mädchen, das etwa so alt war wie ich.

Als wir ankamen, hörten alle auf zu reden und schauten uns an.

»Guten Morgen«, sagte Papa.

»Guten Morgen«, sagten alle und musterten uns neugierig. Ich guckte das Mädchen an, sie war ziemlich hübsch mit ihren braunen Locken. Aber sie drehte sich weg.

Na toll, wieder so eine Zicke wie die meisten Mädchen aus meiner Klasse. Die waren doch alle gleich.

»Herzlich willkommen beim Amor-Treff«, sagte ein Mann mit Glatze. Er war ungefähr so alt wie Papa und trug einen roten Sportanzug. Auf der Brusttasche war ein schwarzer Pfeil aufgenäht. »Ich bin Andreas Kiesewetter und Leiter

des Amor-Treffs. Schön, dass Sie heute mit uns wandern wollen.« Er gab Papa und mir die Hand.

Amor, dachte ich. *Der Liebesgott.* Ich beschloss, diesen Kiesewetter im Stillen *Amor* zu nennen.

»Ralf Lorenz«, sagte Papa. »Und das hier ist mein Sohn Jonas.« Er legte eine Hand auf meine Schulter.

Papa war das alles wohl ein bisschen peinlich, denn ich spürte, dass seine Handfläche feucht war, obwohl wir erst ein paar Schritte gelaufen waren.

»Willkommen noch mal«, sagte der Amor. »Mit dem allgemeinen Vorstellen warten wir am besten noch, bis alle da sind.«

Wir warteten also. Zuerst schwiegen alle, aber dann fingen zwei Frauen, die sich offensichtlich schon kannten, an, sich zu unterhalten.

»Ich bin nicht so fit heute Morgen«, sagte die eine. Sie hatte kurze schwarze Haare und sah aus, als würde sie noch halb schlafen.

»Warst du gestern noch lange unterwegs?«, fragte die andere, eine kleine Braunhaarige. Sie kicherte, als ob sie gerade einen tollen Witz gemacht hätte.

»Viel zu lange«, sagte die Verschlafene. Sie klopfte auf ihre Umhängetasche. »Aber ich hab eine Thermoskanne Kaffee mit.«

»Super«, sagte die Braunhaarige. »Kann ich heute auch gut gebrauchen.«

Ich fand die beiden ziemlich doof. Wenn die alle so drauf waren, konnte es ja ein toller Tag werden.

Außer den beiden und der Blonden mit der Sonnenbrille waren noch drei Männer da: der Amor und zwei andere, die sich offensichtlich nicht kannten.

Der eine hatte einen blonden Pferdeschwanz und war noch ziemlich jung, der andere war deutlich älter, hatte dunkle Haare mit grauen Schläfen und war braun gebrannt. Neben ihm stand ein Junge, der vielleicht etwas älter war als ich. Er wickelte gerade einen Kaugummi aus dem Papier und schob ihn sich in den Mund. Das Papier warf er auf den Boden.

Ich wunderte mich, dass sein Vater nichts sagte. Papa guckte den Jungen missbilligend an, aber der grinste nur und stöpselte sich Kopfhörer in die Ohren.

Die Sonne schien durch das Blätterdach und es war schon recht warm. Eigentlich ein toller Tag für das Fußball-Sommerfest. Stattdessen musste ich mit diesen Leuten, die ich nicht kannte, durch den Wald latschen. Wenigstens hatte ich meinen Fußball im Rucksack dabei. Wenn wir irgendwo Rast machten, konnten Papa und ich ja ein bisschen spielen.

»So«, sagte der Amor schließlich. »Ich glaube, heute sind wir nur zu siebt. Plus die Kinder natürlich!« Er lachte meckernd. »Dann wollen wir uns mal vorstellen! Wer ich bin, wissen Sie ja. Am besten fangen Sie an.«

Er sah die blonde Frau mit der Sonnenbrille an.

»Tanja Rauber«, sagte sie. »Und das ist meine Tochter Evelyn.« Sie legte dem Mädchen mit den braunen Locken die Hand auf die Schulter.

»Hallo«, sagte Evelyn und schaute in die Runde. Mich beachtete sie nicht.

Ziege, dachte ich.

Dann stellten sich die beiden Freundinnen vor. Die mit den schwarzen Haaren hieß Christine, die andere Julia. Der Mann mit dem blonden Pferdeschwanz hieß Christoph und der Braungebrannte mit den grauen Schläfen Ludwig. Seinen Sohn stellte er als Marius vor.

»Wir sagen normalerweise immer Du zueinander«, sagte der Amor. »Das ist nicht so förmlich.« Er kramte einen Fotoapparat aus seiner grauen Umhängetasche.

»Alle zusammenstellen!«, sagte er. »Jetzt machen wir erst mal ein schönes Erinnerungsfoto. Das könnt ihr euch später im Netz herunterladen. Wer weiß, vielleicht klebt es der ein oder andere mal in sein Hochzeitsalbum.«

Christine und Julia kicherten albern.

Papa sah aus, als ob er keine allzu große Lust darauf hatte, aber der Amor scheuchte uns alle so dicht zusammen, dass ich das Gedröhne aus den Kopfhörern von diesem Marius hören konnte.

»Das Mädchen in die Mitte!«, rief der Amor, und die Mutter von Evelyn schob sie zwischen Marius und mich.

Ich riskierte einen kurzen Blick zu Evelyn. Sie beachtete weder mich noch Marius. Ihre Wimpern waren ziemlich lang und sie roch irgendwie nach Blumen.

Dann klickte es, und der Amor rief: »So, jetzt kann's losgehen! Wir laufen nun den Rehwanderweg, er ist ungefähr zehn Kilometer lang, und am Ende kehren wir in die Gaststätte ein. Von da aus sind es dann nur noch ungefähr zehn Minuten zurück zum Parkplatz. Schön zusammenbleiben, nicht dass mir noch jemand verloren geht!« Er lachte wieder.

»Wo wir sowieso schon so wenig Auswahl haben«, sagte die Schwarzhaarige namens Christine.

»Wenn ich verloren gehe, bin ich beim Laufen eingeschlafen«, sagte ihre Freundin Julia. Beide kicherten wieder.

Ich hoffte, dass Papa sich nicht mit denen anfreunden würde. Die waren nicht zum Aushalten. Da bestand aber wohl keine Gefahr, denn schon auf den ersten Metern hängten die beiden sich an den Blonden mit dem Pferdeschwanz und den Braungebrannten.

Marius latschte hinter den vieren, den Kopf stur auf den Boden gesenkt. Der Amor redete mit der Blonden, Evelyn lief hinter ihnen her und Papa und ich liefen allein als Letzte.

»Ist doch ein herrliches Wetter zum Wandern«, sagte Papa.

»Mhm«, sagte ich.

Papa zog ein kleines Buch aus seiner Hemdtasche. »Guck mal«, sagte er. »Damit wir nachschlagen können, welche Vögel uns begegnen und so.«

Es begegneten uns aber keine Vögel, und wenn, flogen sie so hoch, dass man nicht mal genau erkennen konnte, welche Farbe sie hatten.

Ich dachte darüber nach, was Lotti und Nina wohl heute machten und wie viel Spaß wir zusammen auf dem Fußballfest haben könnten, als ich über einen Stein stolperte und im Fallen gegen Evelyn knallte.

»Mensch«, sagte sie. »Pass doch auf!«

59

»Pass doch selber auf!«, sagte ich wütend. Was für eine Zicke! Ich war doch nicht absichtlich auf sie draufgeflogen. Evelyns Mutter drehte sich zu uns um. »Alles in Ordnung?«, fragte sie.
»Ja«, sagten Evelyn und ich gleichzeitig.
»Hallo«, sagte Evelyns Mutter und hielt Papa und dann mir die Hand hin. »Ich bin Tanja.«
Das hatte ich schon wieder vergessen. Ich nahm ihre Hand und schüttelte sie.

Ihre Augen konnte ich nicht sehen, sie trug immer noch die Sonnenbrille.

Ich fand es schon komisch, eine Erwachsene, die ich nicht kannte, mit Vornamen anzusprechen. Aber offensichtlich war das so üblich beim Amor-Treff, hatte der Amor ja selbst gesagt. Der marschierte jetzt vorneweg und telefonierte mit seinem Handy. Papa und diese Tanja gingen gemeinsam weiter und unterhielten sich.

»Ich bin Architekt«, sagte Papa gerade. »Mein Kollege und ich haben zusammen ein Büro.«

»Aha«, sagte Tanja. »Ich arbeite bei einem Rechtsanwalt.«

Das klang ja sterbenslangweilig.

Es war auch seltsam, zu hören, wie Papa Sachen erzählte, die ich natürlich schon längst wusste. Irgendwie so, als wäre er ein Fremder.

Evelyn stapfte neben mir her, ohne mich anzusehen.

»Ich gehe in die Anne-Frank-Gesamtschule«, sagte ich. »In die fünfte Klasse. Und du?«

»Spar's dir«, sagte Evelyn. »Ich rede nicht mit Jungs.«

»Wieso denn nicht?«, fragte ich.

Jetzt schaute Evelyn mich zum ersten Mal an. Ihre Augen funkelten. »Jungs sind bescheuert«, sagte sie.

»Mädchen sind erst recht bescheuert«, sagte ich. »Außerdem hab ich dir überhaupt nichts getan.«

»Bild dir bloß nicht ein, dass meine Mama deinen Papa toll findet!«, fauchte Evelyn.

»Wir gehen sowieso nachher zum Fußball-Sommerfest«, sagte ich. »Ist viel besser als hier.«

»Fußball!«, sagte Evelyn. »Auch das noch!«

Dann gingen wir wieder stumm nebeneinanderher.

Es hätte so ein schöner Sonntag sein können, und nun musste ich neben dieser Zimtzicke hermarschieren, während Papa die Zimtzickenmama zusülzte. Echt ätzend.

Nach einer halben Ewigkeit schlossen wir wieder zur Gruppe auf.

Der Amor stand an einer Weggabelung, hinter der eine Lichtung zu sehen war, und sagte, nun könnten wir mal eine kleine Pause machen.

Die Erwachsenen fanden das prima. Wir verteilten uns also auf der Lichtung. Die beiden Freundinnen klebten an dem Pferdeschwanz und dem Braungebrannten. Sie alberten rum, und wir hörten ihr Gekreische, obwohl wir auf der anderen Seite der Wiese saßen.

Papa und Tanja packten den mitgebrachten Proviant aus. Sie flüsterten sich etwas zu und schauten Richtung Amor, der allein in der Mitte der Lichtung saß und schon wieder telefonierte.

»Na, ihr beiden«, sagte Papa zu Evelyn und mir. »Habt ihr euch gut unterhalten?«

Er hatte tatsächlich nicht mitbekommen, dass Evelyn und ich ohne zu reden nebeneinanderher gelaufen waren!

»Nee«, sagte Evelyn.

Ich nahm meinen Rucksack ab und holte den Fußball heraus. Die Lichtung war groß und der Boden eben. Perfekt zum Spielen.

»Spielen wir Fußball, Papa?«, fragte ich und sprang auf.

»Ach, Jonas«, sagte Papa. »Tanja und ich unterhalten uns gerade so gut. Mögt ihr beide nicht zusammen spielen?« Er schaute zu Evelyn.

»Ich spiele nicht mit Jungs«, sagte Evelyn. »Und Fußball sowieso nicht. Das ist nur was für doofe Leute. Nicht, Mama?«

»Evelyn!«, sagte Tanja hastig und wurde rot. Zumindest das, was man um ihre Sonnenbrille herum sehen konnte.

Und zu Papa sagte sie: »Weißt du, Ralf, mein Exmann ist so ein Fußballnarr. Davon haben wir gerade genug, Evelyn und ich.«

Pech gehabt, dachte ich und grinste in mich rein. Jetzt würde Papa bestimmt sagen, dass Fußball doch klasse ist.

Aber er sagte nur: »Jeder, wie er will«, und lachte.

Das war mir zu blöd. »Dann spiel ich eben allein«, sagte ich. Ich schoss den Ball auf die Wiese und rannte ihm nach.

Papa war ganz anders als sonst. Er tat wie ein verliebter Gockel, dabei kannte er diese Tanja doch gar nicht. Er hatte ja noch nicht mal ihre Augen gesehen.

Wütend donnerte ich den Fuß gegen den Ball. Er flog in hohem Bogen über den Amor und prallte an einer Tanne ab.

»He, he, junger Mann!«, rief der Amor und wackelte mit dem Zeigefinger.

Ich war stinksauer. Dieser Amor war doch blöd, der ganze Amor-Treff war ein Mist und diese zickige Tanja mit ihrer zickigen Tochter konnte mir gestohlen bleiben. Aber vor allem, dass Papa so ein Getue machte, ging mir mächtig auf die Nerven.

Ich ließ den Ball abwechselnd mit den Füßen und den Knien springen. Auf einmal tauchte neben mir der Junge mit den Kopfhörern auf, Marius.

»Kann ich auch mal?«, fragte er.

Ich sah ihn misstrauisch an. Er war mir nicht sonderlich sympathisch, aber immerhin war er der Einzige hier, der Fußball spielen wollte.

»Von mir aus«, sagte ich. Ich stoppte und kickte Marius den Ball zu.

Marius versuchte auch, den Ball zu balancieren, aber das klappte nicht.

»Ich kann dir zeigen, wie man das macht«, bot ich an.

»Du brauchst mir gar nichts zu zeigen«, sagte Marius, und dann kickte er den Ball volle Kanone in den Wald.

»He, du Idiot!«, brüllte ich. »Das ist MEIN Ball!«

»Dann hol ihn dir halt zurück!«, rief Marius und stapfte in die andere Richtung davon.

Ich sah zu seinem Vater, aber der war damit beschäftigt, mit der Schwarzhaarigen zu reden, und hatte nichts mitbekommen. Papa hatte auch nichts gemerkt.

Als ich den Ball schließlich gefunden hatte und zurück auf die Wiese kam, standen schon alle wieder zusammen und wollten weiterziehen.

Den Rest des Weges versuchten Papa und Tanja mit Evelyn und mir zu reden, aber Evelyn kniff den Mund zusammen, und ich hatte jetzt auch schlechte Laune, sodass sie es bald aufgaben.

Immerhin bekam ich eine kalte Cola, als wir am Gasthaus

64

ankamen, und nicht viel später standen wir schon wieder auf dem Parkplatz.

»So«, sagte der Amor. »Ich hoffe, ihr hattet einen angenehmen Tag. Unser nächstes Treffen findet nächsten Sonntag statt, dann geht es zum Kegeln. Da sind auch wieder mehr Leute dabei, die Anmeldeliste ist schon fast voll.«

Ich hoffte, dass Papa da nicht hinwollte. Nächsten Sonntag hatte ich mit meiner Mannschaft ein Spiel.

»Wir hören voneinander, Tanja«, sagte er und gab ihr die Hand.

»Ja«, sagte Tanja. »Das wäre schön!« Mittlerweile hatte sie ihre Sonnenbrille abgenommen. »Nett, euch kennengelernt zu haben«, sagte sie und reichte mir die Hand. Da, wo die Sonnenbrille auf der Nase gesessen hatte, war ein roter Abdruck zu sehen.

»Tschüs«, sagte ich.

Evelyn sagte Tschüs zu Papa. Zu mir nicht.

»Bis dann!«, rief Papa und winkte den beiden zum Abschied zu.

Wir gingen zum Auto und er sperrte auf. Endlich! Ich ließ mich auf das Polster fallen.

»War doch gar nicht so schlecht, oder?«, sagte Papa, als er den Motor anließ.

»Blöd war es«, sagte ich. »Diese Zimtzicke Evelyn hat kein Wort geredet und Marius hat meinen Ball in den Wald geschossen.«

»Deinen Ball hast du ja wieder«, sagte Papa. »Und es war doch mal ganz nett, neue Leute kennenzulernen, oder?«

»Nein«, sagte ich.

Ich war wütend. Wenn es nach mir ging, konnte mir dieser ganze Amor-Treff gestohlen bleiben.

Aber Papa hatte andere Pläne.

ZEHNTES KAPITEL,
in dem Amor loslegt

»Amor-Treff? Ach, du liebe Güte!«, sagte Lotti. »Das klingt
ja mal peinlich.«

»Wem sagst du das!«, seufzte ich. »Was da für Leute waren!«

Es war Dienstag, also ein Lotti-Tag. Wir hatten gerade zu
Mittag gegessen und räumten den Tisch ab.

Ich hatte Lotti natürlich alles erzählt, was am Sonntag passiert war. Erstens wollte ich wissen, wie sie darüber dachte,
und zweitens musste ich mit jemandem reden, der mich verstand.

»Wie ist sie denn so, diese Tanja?«, wollte Lotti wissen. Sie
stapelte das schmutzige Geschirr im Spülbecken.

»Komisch ist sie«, sagte ich. »Läuft den ganzen Tag mit Sonnenbrille rum, und das im Wald! Damit sieht sie aus wie eine
Stubenfliege.«

Lotti spülte eine Tasse ab. »Na, dein Papa schien sie ja nett
zu finden«, sagte sie.

Lotti hielt mir die tropfnasse Tasse hin. Es war meine Lieblingstasse, sie war geformt wie ein Huhn und hatte grüne

67

Punkte. Ich stopfte das Küchenhandtuch in den Hühnerschnabel.

»So langweilig, wie die ist, kann ich mir das kaum vorstellen«, sagte ich. »Ich glaube, er hat sich nur mit der unterhalten, weil sonst keine da war, die sich für ihn interessiert hat.«

Ich könnte schwören, dass Lotti kurz lächelte. Aber als sie mich anschaute, war das Lächeln weg.

»Ach so«, sagte sie.

»Dieser Amor-Treff ist totaler Mist«, sagte ich. »Hoffentlich muss ich da nicht mehr hin.«

Ich stellte die trockene Tasse ins Regal und griff nach der nächsten, die Lotti mir bereits hinhielt. Das war die Lieblingstasse von Nina. Sie war blau mit einem roten Herzen in der Mitte.

»Überall Amor«, sagte ich und stopfte das Handtuch besonders fest hinein.
»Ja«, sagte Lotti und grinste. »Amor ist überall.«
»Kommst du mit Nina am Sonntag wieder mit zum Fußball?«, fragte ich. »Ich habe ein Spiel mit meiner Mannschaft.«
»Mal sehen«, sagte Lotti. »Wenn schönes Wetter ist, warum nicht.«
Ich hoffte, dass am Wochenende schönes Wetter war.
Samstags sah es gut aus. Der Himmel war blau und die Sonne schien. Klasse, Lotti und Nina würden morgen bestimmt mitkommen.
Ich lag auf meinem Bett und träumte vor mich hin: Ich schieße ein Supertor, und Papa und Lotti jubeln und fallen sich vor Freude in die Arme. Und dabei verknallen sie sich dann.

Mein Freund Daniel sagt, wenn die Haare von einer Frau gut riechen, verknallt man sich sofort. Das hat er angeblich in einem Fernsehfilm gesehen.

»Der Mann macht die Augen zu und steckt die Nase ins Haar von der Frau und schon knutschen sie. Funktioniert garantiert!«

Ich bin mir nicht so sicher, ob das stimmt. Daniel ist schließlich auch nicht gerade ein großer Held, was Mädchen betrifft. Aber wenn er es in einem Film gesehen hat ... Man kann ja nie wissen. Das nächste Mal, wenn ich bei Lotti und Nina sein würde, wollte ich darauf achten, welches Shampoo Lotti im Badezimmer stehen hat, und daran riechen. Papa mag Kokosnussduft.

Mitten in meine Gedanken hinein klingelte das Telefon. Einmal, zweimal, dreimal ...

»Geh mal ran!«, brüllte Papa aus dem Bad.

Hoffentlich war es nicht Tante Birgit, ich hatte gerade überhaupt keine Lust, mit ihr zu reden.

»Hallo, Jonas«, sagte eine leise Stimme, als ich abhob.

Es war nicht Tante Birgit.

»Hier ist Tanja Rauber«, sagte die Stimme. »Wir waren am letzten Sonntag zusammen im Wald spazieren, erinnerst du dich?«

Und ob ich mich erinnerte! Tanja, die Stubenfliege! Was wollte denn DIE? Am liebsten hätte ich aufgelegt, aber das konnte ich nun doch nicht machen.

»Hallo«, sagte ich.

»Ist dein Papa da?«, fragte Tanja.

Ich überlegte blitzschnell, was ich sagen konnte. Vielleicht, dass Papa nicht da war? Leider kam Papa gerade aus dem Bad zurück und streckte die Hand nach dem Hörer aus.

Beim Weggehen blieb ich mit dem Fuß in der Schnur hängen. Vielleicht fliegt ja die Schnur aus der Steckdose, dachte ich noch, aber leider flog nicht die Schnur, sondern ich.

»Mann!«, brüllte ich. Wegen der saublöden Tanja hatte ich mir jetzt das Knie angeschlagen!

»Mensch, Jonas«, sagte Papa. Er hatte die Hand über die Sprechmuschel gelegt und sah mich ärgerlich an.

Ich ging in mein Zimmer und knallte die Tür hinter mir zu. Durch die Tür hörte ich Papa lachen. Es klang total albern, wie ein meckernder Ziegenbock. So lachte er sonst nie.

Ich stopfte mir die Finger in die Ohren. Als ich sie wieder rausnahm, war es still im Flur.

Ich ging gucken, wo Papa war, und fand ihn in der Küche, wo er gerade Tomaten aus dem Kühlschrank nahm.

»Na, Jonas?«, sagte er fröhlich. »Ich wollte dich gerade fragen, ob du mir beim Abendbrotmachen hilfst.«

Am liebsten hätte ich die Tomaten aus dem Fenster geschmissen, mitten auf die Bäume im Hinterhof. Aber das machte ich natürlich nicht. Stattdessen scheibelte ich die Tomaten.

»Freust du dich schon auf morgen?«, fragte Papa. »Auf dein Fußballspiel, meine ich.«

»Klar«, sagte ich.

Ich freute mich wirklich drauf, aber am meisten freute ich mich darüber, dass wir deswegen nicht zu dem blöden

71

Amor-Treff zu gehen brauchten und diese dämliche Tanja mit ihrer Zickentochter nicht sehen mussten.

Aber wie sich herausstellte, hatte ich mich zu früh gefreut.

»Stell dir vor«, sagte Papa, »Tanja und Evelyn kommen mit.«

»Was?«, rief ich.

Eine Tomate platschte auf den Boden.

»Ja«, sagte Papa. Seine Stimme zitterte ein bisschen. »Ist doch schön, nicht?« Er schaute mich an wie ein Dackel.

»Warum hast du mich nicht gefragt?«, brüllte ich. »Ich will die nicht dabeihaben!«

Wenn Tanja und Evelyn mitkamen, würde Papa sicher nicht Lotti und Nina dabeihaben wollen, das war ja klar, und dabei hatte ich mich so darauf gefreut!

»Ich will den blöden Amor-Scheiß nicht!«, sagte ich. »Nicht im Wald und nicht beim Fußball! Überhaupt nicht! Nirgendwo!«

»Aber Jonas!« Papa sah mich erstaunt an.

Ich hatte keine Lust auf »Aber Jonas!« und rannte aus der Küche.

Papa sollte sich in Lotti verlieben, stattdessen turtelte er nun mit der langweiligen Stubenfliege vom Amor-Treff rum!

Jetzt konnte mir der ganze schöne Fußballsonntag gestohlen bleiben.

ELFTES KAPITEL,

in dem Amor uns auf den Fußballplatz begleitet

Am Sonntag hatte ich dann auch schon morgens schlechte Laune. Papa hatte natürlich nicht verstanden, warum ich Tanja und Evelyn nicht dabeihaben wollte. Er glaubte wohl, ich sei eifersüchtig, denn er sagte: »Ich passe ganz genau auf, wie du spielst, Jonas. Ist doch nett, wenn Begleitung dabei ist.«

Ich sagte nichts.

»Wirst sehen«, sagte Papa. »Es wird bestimmt ein schöner Tag.«

Als wir am Fußballplatz ankamen, waren Tanja und Evelyn schon da. Sie standen auf dem Parkplatz und sahen ein wenig verloren aus. Als sie uns entdecken, winkte Tanja.

Papa strahlte und eilte auf sie zu. »Hallo«, sagte er und reichte Tanja die Hand.

Tanja trug wieder die riesige Sonnenbrille. Immerhin schob sie sie zur Begrüßung hoch. Als ich ihr bleiches Gesicht sah, musste ich plötzlich an Lottis fröhliche Sommersprossen denken.

»Na, Jonas«, sagte Tanja. »Großes Spiel heute?«

Sie hielt mir die Hand hin und gab mir einen schlaffen Händedruck.
Iiii, dachte ich. Ich antwortete nur: »Hallo.« Evelyn quälte sich ein »Hi« heraus und sah stur an mir vorbei.
Dann eben nicht, dachte ich wütend.
»Ich geh mal zu meiner Mannschaft«, sagte ich.
»Klar«, sagte Papa. »Wir drücken die Daumen.«
»Wer ist *das* denn?«, fragte Tim, als ich bei meinen Freunden ankam. »Hat dein Vater eine neue Freundin?«
»Nee«, sagte ich. »Bloß 'ne Bekannte.«

Tanja und Papas neue Freundin! Schon bei der Vorstellung bekam ich Bauchweh.

Ich war froh, als das Spiel begann und ich nicht weiter darüber nachdenken musste.

Ich spielte gut und schoss gleich das erste Tor. Dirk und Max sprangen mir um den Hals. Ich linste zwischen ihnen durch zu Papa, Tanja und Evelyn.

Papa jubelte und hüpfte auf und ab. Tanja klatschte vorsichtig in die Hände und Evelyn saß tatsächlich auf dem Boden und las. Was für eine doofe Zicke!

Wenn Lotti und Nina da wären ... Lotti würde genauso jubeln wie Papa, und Nina würde krähen und winken.

Ich war so genervt, dass ich ein paar gute Torchancen vergab. Am Ende verloren wir eins zu drei.

Der Trainer fragte, was mit mir los gewesen sei.

Ich sagte: »Nichts«, und dann tröstete er mich. »Jeder hat mal einen schlechten Tag«, sagte er.

Das machte mich erst richtig sauer. Und jetzt musste ich auch noch zurück zu Papa, der Stubenfliege und der Zicke. Sie standen am Sportplatzrand und sahen mir entgegen.

»Was war denn los?«, fragte Papa.

»Nichts«, sagte ich wütend.

Das Letzte, was ich wollte, war Mitleid.

»Na, macht nichts«, sagte Papa. »Man kann nicht immer gewinnen.« Er wuschelte mir durch die Haare. Ich zog den Kopf weg.

»Nee«, sagte Evelyn, »das kann man wohl nicht. Fußball ist eh ein bescheuertes Spiel.« Sie kicherte vor sich hin und sah zur Seite, als ob ich gar nicht da wäre.

Da reichte es mir. »Du blöde Gans!«, brüllte ich. »Wenn's dir hier nicht gefällt, dann bleib doch zu Hause!«

Jetzt wurde Papa sauer. »Jonas«, sagte er streng und sah mich warnend an.

»Evelyn«, sagte Tanja. »Musst du Jonas denn so ärgern!«

Ich sagte nichts mehr und auch Evelyn schwieg.

»Hört mal, ihr beiden«, sagte Papa. »Wir trinken jetzt bei uns Kaffee. Und ihr vertragt euch, okay?«

Jetzt würden die Stubenfliege und die Zicke also auch

noch in unserem Männerhaushalt einlaufen. So was Blödes! Nicht mal zu Hause hatte man noch seine Ruhe. Ich linste zu Evelyn. Die guckte stur auf den Boden.

»Jonas?«, sagte Papa und sah mich an.

»Von mir aus«, sagte ich widerwillig.

»Evelyn?«, hauchte Tanja mit ihrer Piepsstimme.

»Pff, na gut«, sagte Evelyn.

Schon als wir an unserem Haus ankamen, sah ich, dass Tanja nicht begeistert war.

»Schön hier«, sagte sie, als wir ausstiegen. »So mitten in der Stadt. Wenn es auch ein bisschen laut ist, direkt an der Hauptstraße.«

»Ist doch gar nicht laut«, sagte ich.

»Ja, weil Sonntag ist«, sagte Tanja. »Unter der Woche ist hier bestimmt viel Verkehr, nicht wahr?«

»Ach«, sagte Papa. »Wir wohnen im zweiten Stock. Da hört man die Autos gar nicht.«

»Ach so«, sagte Tanja. »Na, dann geht's ja.«

»Hier stinkt's«, sagte Evelyn, als wir ins Treppenhaus kamen.

»Ja, nach Parfüm«, sagte ich und schielte zu Tanja.

Papa machte ein böses Gesicht.

»So«, sagte er, als wir vor unserer Wohnungstür angekommen waren. »Hier wohnen wir.«

Er sperrte auf und ging vor. Ich sah, wie Tanja und Evelyn alles ganz genau musterten.

»Nett hier«, sagte Tanja.

Aber ich merkte, dass es ihr nicht wirklich gefiel.

Papa schnallte das nicht. »Schön, dass es euch gefällt«, sagte er.

»*Wir* haben einen Garten«, sagte Evelyn.

»Na und?«, sagte ich. »*Wir* haben einen Balkon.«

Ich ging vor in die Küche und öffnete die Balkontür. Die Sonne fiel herein und unser buntes Geschirr leuchtete in den Regalen. Evelyn kam hinter mir her und sah sich genau um.

Unten im Hof spielten ein paar kleine Kinder. Auf dem Balkon gegenüber saß die dicke Jeschke in einem viel zu engen Kleid und rauchte.

»Komische Frau«, sagte Evelyn. »Ganz schön fett.«

Dann kniff sie die Augen zusammen und beugte sich vor.

»Iiii!«, sagte sie. »Was ist *das* denn?«

Sie streckte den Zeigefinger aus und zeigte auf ein paar Socken, die Papa zum Trocknen über das Balkongeländer gehängt hatte.

»Ah«, sagte Tanja, die mit Papa hinter uns hergekommen war. »Bei euch ist es wohl nicht so streng wie bei uns in der Vorstadt. Hier kann man sonntags sogar Wäsche aufhängen.« Sie lachte, aber es klang nicht echt.

Tanja erinnerte mich immer mehr an Tante Birgit.

Beim Kuchenessen wartete ich gespannt, ob Tanja etwas zu dem durcheinandergewürfelten Geschirr sagen würde, aber das tat sie nicht.

Papa legte ihr ein großes Stück Schokoladenkuchen auf den Teller. Er hatte ihn selbst gebacken und mit gelben Zuckerrosen dekoriert.

»Lecker«, sagte Tanja. Aber sie ließ die Hälfte liegen.

»Schmeckt es dir nicht?«, fragte Papa enttäuscht.

»Doch, doch«, sagte Tanja. »Aber ich muss auf meine Linie achten.«

Nach dem Kaffee schlug Papa vor, wir könnten gemeinsam noch etwas spielen. Wir entschieden uns für *Mensch ärgere dich nicht*. Papa und ich spielen es sehr gern, und besonders viel Spaß macht es, wenn man den anderen rauswerfen kann. Als Papa und ich vor ein paar Wochen mit Lotti und Nina *Mensch ärgere dich nicht* gespielt hatten, hatten wir uns fast weggeschmissen vor Lachen.

Mit Tanja und Evelyn war es aber ziemlich öde. Tanja lächelte nur, wenn sie ein Männchen zurück aufs Startfeld stellen musste, und Evelyn war sauer, wenn man sie rauswarf. Ich war froh, als Tanja nach ein paar langweiligen Spielen sagte, sie müssten jetzt nach Hause gehen.

Papa brachte die beiden noch nach unten und ich verzog mich in mein Zimmer. Was Papa bloß an dieser faden Kuh fand!

Kurz darauf kam er in mein Zimmer.

»Und?«, sagte er. »War doch gar nicht so schlecht für den ersten Tag, oder?« Aber er sah aus, als ob er selbst nicht so recht daran glaubte.

»Mhm«, sagte ich.

»Weißt du«, sagte Papa. »In einem gewissen Alter ist das alles nicht mehr so einfach. Man muss sich erst mal aneinander gewöhnen. Beim nächsten Mal wird es bestimmt schon leichter.«

»Beim *nächsten Mal*?«, fragte ich. Er wollte die Trantüte tatsächlich wiedersehen!

»Na ja«, sagte er. »Wie ich schon sagte, manchmal braucht man eben ein bisschen Zeit.«

Aber dann passierte etwas, was ich nicht erwartet hatte.

Ein paar Tage später rief Tanja wieder an und diesmal hörte ich Papa nicht lachen.

Nach dem Telefonat kam er in mein Zimmer und setzte sich aufs Bett.

»Vielleicht klappt das doch nicht mit dem Sich-aneinander-Gewöhnen«, meinte er. »Tanja hat gesagt, sie kommt nicht damit klar, dass wir Fußball mögen, weil ihr Exmann auch Fußball gespielt hat, und überhaupt passt es wohl doch nicht so richtig.«

Ich hätte gedacht, dass ich mich freuen würde zu hören, dass wir die langweilige Stubenfliege mit ihrer Zickentochter los waren, aber jetzt tat mir Papa ein bisschen leid. Er sah müde aus.

»Bist du sehr traurig?«, fragte ich.

»Ach«, sagte Papa. »Nicht wirklich. Ich finde ja irgendwie auch, dass das mit Tanja nicht das Richtige war. Aber schön ist es trotzdem nicht, so was zu hören.«

Wir schwiegen eine Weile.

»Ach, was soll's«, sagte Papa schließlich. »Es schwimmen viele Fische im Teich.« Er grinste etwas schräg und stand auf. Jetzt sah er schon wieder unternehmungslustig aus.

»Hä?«, fragte ich. Tante Birgit hätte gesagt: »Das heißt ›Wie bitte‹«, aber zum Glück war sie nicht hier.

»Beim nächsten Amor-Treff gibt es ein Speed-Dating«, sagte Papa. »Gestern kam eine Mail von dem Kiesewetter. Es sind über fünfzig Leute angemeldet. Wäre doch gelacht, wenn da nicht eine nette Frau dabei ist!«

Papa wollte wieder zum Amor-Treff gehen? Und was war überhaupt ein *Speed-Dating*?

Papa erklärte es mir. »Also«, sagte er. »Da stehen dann viele Tische mit Stühlen und alle Männer sitzen jeweils an einem Tisch. Mit ihren Kindern, wenn sie welche haben. Und dann kommen die Frauen einzeln an die Tische und man redet zwei Minuten miteinander. Dann geht die eine Frau weiter und die nächste kommt. Auch mit ihren Kindern, wenn sie welche hat.«

»Und dann?«, fragte ich.

»Jeder hat eine Nummer auf dem Hemd kleben«, sagte Papa. »Man schreibt sich die Nummer von denen auf, die man mochte, und die Frauen machen das auch. Und die, die sich gegenseitig ausgesucht haben, die treffen sich dann wieder.«

»Aber«, sagte ich, »wenn da wieder nur so Doofe sind?«

»Ach was«, sagte Papa und klang nun wieder richtig gut gelaunt. »Wie ich schon sagte, man muss sich nur ein bisschen Zeit geben. Viele Mütter haben schöne Töchter.«

Er zwinkerte mir zu und machte sich auf den Weg raus aus meinem Zimmer.

»Am nächsten Wochenende habe ich ein Spiel mit meiner Mannschaft!«, rief ich. »Da können wir nicht zum Amor-Treff gehen!«

»Doch«, sagte Papa. »Dein Spiel ist diesmal am Samstag. Und der Amor-Treff ist sonntags. Jetzt stell dich mal nicht so an!« Er pfiff vor sich hin und verschwand.

Dieser Amor-Treff ging mir mächtig auf die Nerven. Am Ende liefen da tatsächlich ein paar Frauen rum, die Papa gefielen, und er würde wieder sein Tussenlächeln auspacken. Nicht dass er noch mal auf so eine Langweilerin wie Tanja reinfiel!

Es wurde Zeit, dass wir wieder was mit Lotti und Nina unternahmen. Dafür würde ich sorgen, das schwor ich mir.

ZWÖLFTES KAPITEL,

*in dem Amor mit mir zur Schule geht
und auch noch kochen kann*

Ich stand mit Daniel auf dem
Pausenhof.
»Pech«, sagte er. »Wenn
dein Papa sich verknallen
will, hast du Pech gehabt.
Dann macht er nur noch,
was die Frauen wollen.
Du bist abgemeldet,
garantiert.«
Er schlürfte Vanille-
milch aus seinem
Trinkpäckchen,
bis nichts mehr
kam.
Ich nahm ihm die
leere Packung
aus der Hand,
legte sie auf

den Boden und sprang mit beiden Füßen darauf, dass es nur so knallte. Mit einem kurzen Anlauf kickte ich sie dann volle Kanne Richtung Mülleimer.

Treffer!

»Ich will nicht, dass Papa sich in eine wildfremde Frau verknallt«, sagte ich. »Die will dann bei uns wohnen, garantiert.«

Naomi ging an uns vorbei. Und da passierte was total Bescheuertes. Ich kriegte heiße Backen.

»Mensch«, sagte Daniel. »Du bist in die verknallt, gib's zu!«

»Gar nicht«, sagte ich.

»Du bist volles Rohr in die verknallt!«, rief Daniel.

»NEIN!«, brüllte ich, aber Daniel grinste so breit, als würde er eine Banane quer essen wollen.

Zum Glück war Naomi weit genug weg und hatte bestimmt nicht gehört, was für einen Mist Daniel redete.

»Frag sie doch, ob sie mit dir gehen will«, sagte er.

»Nee«, sagte ich.

»Feigling«, sagte Daniel.

»Ich bin kein Feigling«, sagte ich. »Ich will bloß mit keiner gehen. Mädchen machen einem nur Ärger.«

»Stimmt«, sagte Daniel. Er hatte noch nicht vergessen, dass Laura ihm diesen dämlichen Zettel an den Kopf geknallt hatte, wo er »Willst du mit mir gehen?« draufgeschrieben und nur ein Kästchen mit »Ja« gemalt hatte.

Ich erzählte, dass Papa mit mir zu diesem Speed-Dating beim Amor-Treff wollte.

»Was für ein Ding?«, fragte Daniel.

Ich erklärte ihm, was ein Speed-Dating ist.

»Junge, Junge«, sagte Daniel. »Das wär was für mich! Ich sitze am Pult, jedes Mädchen der Schule kommt für zwei Minuten vorbei und die Beste kann ich mir raussuchen. Coole Sache.«

»Du bist echt so bescheuert«, sagte ich.

Für den Rest des Vormittags redeten wir nicht mehr miteinander.

Nachmittags machten Papa und ich uns fertig zum Einkaufen. Das machen wir freitags immer, damit Papa am Wochenende ausschlafen kann und freihat. Außerdem gibt's da schon die Angebotszettel für die nächste Woche.

»Schreib mal auf!«, rief Papa aus dem Bad. »Wir brauchen Shampoo!«

Ich schrieb noch »Shampoo« auf die Einkaufsliste und legte sie in den Korb.

Da fiel mir ein, was Daniel gesagt hatte. Dass Männer sich verknallen, wenn sie an duftenden Frauenhaaren riechen.

»Ich frag Lotti, ob sie mitkommt!«, rief ich, und bevor Papa antworten konnte, war ich schon zur Tür raus.

Ich drückte den Klingelknopf und wartete.

Die Tür ging ziemlich schnell auf.

»Ah, du bist's«, sagte Lotti. »Vorsicht, hier bricht man sich die Beine!«

Nina saß vor einem Haufen mit Plastikbechern und winkte mir fröhlich zu. Sie lächelte wie ein kleiner Engel. So, wie es aussah, hatte der kleine Engel die Becher erst aufgestapelt und dann umgeschmissen. Sie lagen im ganzen Flur verteilt.

»Papa und ich gehen einkaufen«, sagte ich. »Kommt ihr mit?«

Lotti überlegte nicht lange. »Ich wollte ohnehin heute noch zum Supermarkt«, sagte sie.

Während Lotti in der Küche verschwand, um ihre Tasche zu holen, tauchte Papa im Flur auf.

»Dann wollen wir mal«, sagte er.

Ich nahm Nina auf den Arm und Lotti kam heraus. Sie trug ihre Haare offen und lachte Papa an.

»Hallo, Ralf«, sagte sie.

»Hallo, Lotti«, sagte Papa und lächelte zurück. Er lächelte nicht sein komisches Tussenlächeln und er lachte auch nicht sein Ziegenbocklachen.

Ich entschied, dass das ein gutes Zeichen war. Wenn Papa bei Lotti so war, wie er immer ist, dann war das gut, fand ich.

Selbst einkaufen zu gehen machte Spaß mit Lotti und Nina. Ich fuhr Nina im Einkaufswagen herum und sie war völlig begeistert.

Wir liefen zusammen die Regale ab mit unseren beiden Einkaufslisten, der von Lotti und der von Papa und mir.

Bei den Kartoffeln hievten Lotti und Papa jeder einen großen Sack in den Wagen.

»Wir haben heute Lust auf Bratkartoffeln«, sagte Papa.

»Na, so ein Zufall!«, sagte Lotti und schwenkte ihren Einkaufszettel. »Ich auch. Bratkartoffeln mit Apfelmus sind nämlich mein Lieblingsessen.«

»Mit Apfelmus?«, sagte Papa und verzog das Gesicht. »Nein, mit Speck.«

»Apfelmus«, sagte Lotti.

»Speck«, sagte Papa.

Die beiden starrten sich eine Weile an und dann mussten sie furchtbar lachen.

»Ich mach dir einen Vorschlag«, sagte Papa. »Wir kochen heute zusammen, jeder eine Pfanne mit seinen Lieblingskartoffeln. Und dann schauen wir mal, welche besser schmecken.«

»Wenn du dich traust«, sagte Lotti. Ihre Augen funkelten. »Iss einmal meine Bratkartoffeln mit Apfelmus und du willst nie wieder andere.«

»Von wegen«, sagte Papa. »Du probierst meine Kartoffeln mit Specksoße und dann ist es vorbei mit deinem Apfelmuskram.«

Die beiden alberten herum, als wären sie kleine Kinder. Das sah doch ein Blinder, dass die beiden verknallt waren!

Ich kapierte einfach nicht, warum Papa Tanja mitschleifte auf den Fußballplatz und warum wir zum Amor-Treff gehen mussten, wenn doch Amor schon direkt vor unserer Tür zugeschlagen hatte.

Ich beschloss, am Abend was echt Großmütiges zu machen und freiwillig früh ins Bett zu gehen, damit Papa und Lotti miteinander allein sein konnten. Nina zählte nicht, die ist noch so klein, die schlief ohnehin früh ein.

Das Nächste auf unserer Einkaufsliste war Shampoo.

»Brauchst du auch welches?«, fragte ich Lotti.

»Nee«, sagte sie.

»Doch, bestimmt«, sagte ich.

»Wieso?«, sagte Lotti, nahm eine Haarsträhne in die Finger und betrachtete sie. »Sehen meine Haare nicht gut aus?«

»Doch«, sagte ich. »Trotzdem, ein schönes neues Shampoo kann gar nicht schaden.«

Ich machte ein paar Flaschen auf und roch daran. Ein Shampoo roch besonders lecker. »Kokosduft« stand darauf. Super, weil Papa doch Kokosnüsse mag.

»Riech mal«, sagte ich und hielt Lotti die Flasche hin.

»Hm.« Lotti schnupperte. »Ist das nicht ein bisschen süß?«

»Nein«, sagte ich. »Überhaupt nicht. Es riecht so nach Urlaub.«

Das würde Papa bestimmt gefallen.

Lotti betrachtete die Rückseite der Flasche. »Für strapaziertes Haar«, las sie vor. »Na, meinetwegen. Riecht ja wirklich ganz lecker.«

Ich war zufrieden. Jetzt konnte nichts mehr schiefgehen.

Um sieben klingelten Papa und ich an Lottis Wohnungstür. Wir hatten einen Korb mit Zutaten für Papas berühmte Specksoße dabei und Papa war richtig gut gelaunt.

»Hi«, sagte Lotti, »dann kommt mal rein.«

Sie strahlte, und ich fand mal wieder, dass Lotti echt in Ordnung war. Ich ging hinter ihr her und roch Kokosduft.

»Hm«, sagte Papa. »Gibt's was mit Kokos zum Nachtisch? Lecker!«

»Nee«, sagte Lotti, »Ist nur mein Shampoo.«

»Schade«, sagte Papa. »Riecht zum Reinbeißen.«

Ha!, dachte ich. Hatte Daniel doch recht.

Es wurde ein lustiger Abend. Zuerst wollte Papa, dass wir alle Küchenschürzen anziehen sollten, weil sich das bei einem Kochduell so gehörte. Lotti hatte keine Küchenschürzen, aber sie holte drei Geschirrtücher aus dem Schrank, die wir uns umhängen sollten.

Beim Kochen half ich beiden, mal Lotti, mal Papa, sonst wäre es unfair gewesen.

Schwierig wurde es, als Lotti und Papa überlegten, wer Schiedsrichter sein sollte. Zwei große Teller standen auf dem Tisch, voll mit Bratkartoffeln, schön knusprig gebraten. Sie dampften und mir lief das Wasser im Mund zusammen.

»Jonas«, sagte Lotti, »kann nicht Schiedsrichter sein. Er ist *dein* Sohn.«

»Ist doch egal«, sagte ich, denn ich hatte jetzt einen Mordshunger.

»Nein«, sagte Papa, »Lotti hat recht, das geht nicht. Aber keine Sorge, du bekommst schon noch genug davon ab. Nur zum Testen, da brauchen wir jemand anders.«

Wir sahen Nina an.

»Nina ist zu klein«, sagte Lotti. »Außerdem ist sie satt. Ich kann sie unmöglich jetzt noch mit Kartoffeln und Speck und Apfelmus füttern.«

Wir überlegten eine Weile.

»Die WG«, sagte Lotti plötzlich.

»Stimmt«, sagte Papa. »Gute Idee. Die sind bestimmt froh,

wenn sie was Leckeres bekommen, und dann auch noch umsonst.«

Über uns wohnen nämlich ein paar Studenten in einer Wohnung. Da hat jeder ein Zimmer, und Küche und Bad teilen sie sich. Papa sagt immer, als Student hat man meistens nicht so viel Geld, deswegen bringt er ihnen manchmal Druckerpatronen aus seinem Büro mit.

»Die werden sich bestimmt auf die Bratkartoffeln stürzen wie die Geier«, sagte Lotti und grinste. »Aber wir sagen nicht, welches Essen von wem ist. Sonst finden die nur deins besser, damit du sie weiter mit Druckerpatronen versorgst. Jonas, du trägst die Teller.«

Ich trug also die beiden Teller die Treppe hoch.

Auf dem einen türmten sich Bratkartoffeln mit Speck, auf dem anderen Bratkartoffeln mit Schnittlauch und Apfelmus.

Ich musste die Teller ein bisschen balancieren, damit nichts runterkrachte, aber es klappte. Papa und Lotti und Nina stiefelten hinter mir her. Lotti hob Nina hoch, damit die auf den Klingelknopf drücken konnte.

Ein Mädchen mit kurzen bunten Haaren machte die Tür auf.

»Hallo«, sagte sie.

»Hallo«, sagte Lotti, »wir machen einen Kochwettbewerb. Habt ihr Lust zu probieren, welche Bratkartoffeln besser schmecken?«

Das Mädchen mit den bunten Haaren betrachtete die beiden Teller. Ihr fielen fast die Augen aus dem Kopf, als sie die knusprig braunen, dampfenden Kartoffeln sah.

»Gern«, sagte sie.

Wir gingen rein.

Es wurde ganz schön voll in der kleinen Küche. Das Mädchen, das Jeannette hieß, und ihre Mitbewohner Frank und Timo schleppten alles an, worauf man sitzen konnte.

Ich sage euch, Tante Birgit hätte einen Anfall bekommen, wenn sie diese Küche gesehen hätte! Der Kühlschrank war rot und voller Aufkleber, die Tischdecke war mit rosa Kühen bedruckt, in der Spüle stapelten sich schmutzige Teller, und gegessen wurde hier nur Dosenzeugs, wie es aussah. Alle Regale waren nämlich vollgestopft mit Ravioli und Eintopf und Gulasch und so was. Es waren auch nicht genug Stühle da und Papa und ich setzten uns auf umgedrehte Bierkisten, aber es war urgemütlich. Jeannette und Frank und Timo mampften, und wir warteten gespannt, was sie sagten.

»Und?«, fragte Lotti.

»Mann«, sagte Jeannette und schüttelte begeistert den Kopf. »Ist das lecker! Mit dem Schnittlauch und so, einfach klasse. Danke!«

Lotti bemühte sich, nicht allzu sehr zu strahlen.

»Na?«, sagte Papa und schaute Frank und Timo an.

»Die hier sind lecker«, sagte Frank. »Bratkartoffeln müssen mit Speck sein.«

Jetzt schauten wir alle Timo an. Er guckte von einem zum anderen.

»Bin ich jetzt der Buhmann?«, sagte er. »Nee, nee. Da mach ich nicht mit. Ich find beides gleich gut.«

91

Lotti und Papa guckten erst ein bisschen enttäuscht, aber dann mussten sie lachen.

»Na, dann«, sagte Papa und stand auf. »Gehen wir mal selbst noch was essen.«

Wir verabschiedeten uns von den Studenten und gingen zurück in Lottis Wohnung.

Mir schmeckten Lottis Bratkartoffeln besser als die von Papa, aber das sagte ich lieber nicht. Stattdessen stand ich nach dem Essen auf und sagte: »Ich bin müde, ich geh dann schon mal rüber. Oder soll ich noch beim Abwasch helfen?«

Papa sah mich überrascht an. »Du willst schon schlafen gehen?«, fragte er.

»Ja«, sagte ich.

»Na, geh ruhig«, sagte Lotti. »Wir kommen schon allein mit dem Abwasch klar. Oder?« Sie schaute Papa an.

»Klar«, sagte der und lächelte. Es war immer noch nicht sein Tussenlächeln, aber es war auch nicht mehr sein normales Papalächeln. Es war ein ganz neues Lächeln.

Als ich die Tür hinter mir zuzog, hörte ich Papa und Lotti reden. Es klang irgendwie schön. Ich stellte mir vor, wie es wäre, wenn ich die beiden immer reden hören würde, wenn ich schon im Bett lag. Das wäre richtig gemütlich. Bei uns hörte ich immer nur den Fernseher, oder wenn er nicht lief, hörte ich gar nichts. Dann las Papa und es war sehr still.

Natürlich ging ich noch nicht schlafen. Ich setzte mich aufs Bett und las, aber richtig konzentrieren konnte ich mich nicht. Ich musste die ganze Zeit an Lotti und Papa denken. Ob die beiden sich gerade verliebten? War doch ein schöner Tag heute gewesen. Vielleicht war das mit der Liebe doch nicht so kompliziert, wie alle sagten.

Als ich Papas Schlüssel im Schloss hörte, wachte ich auf. Ich musste wohl beim Lesen eingeschlafen sein. Ich knipste meine Nachttischlampe aus und dann ging die Tür leise auf. Papa schaute herein.

»Jonas?«, flüsterte er. »Schläfst du schon?«

»Mhm«, murmelte ich.

Papa zog die Tür leise zu. Ich hörte ihn im Flur summen. So ein Kokos-Shampoo wirkt anscheinend echt Wunder!

DREIZEHNTES KAPITEL,

in dem Amor ein Auswärtsspiel hat

Am nächsten Morgen war Papa gut gelaunt. Er hatte schon den Frühstückstisch gedeckt, als ich in die Küche kam, und auf meinem Platz stand ein Teller mit dampfendem Rührei.

»Morgen«, sagte Papa und lächelte mich an.

»Morgen«, sagte ich und setzte mich.

Ich hätte zu gern gewusst, wie es gestern mit Lotti und Papa gelaufen war, aber ich war zu müde zum Reden. Morgens bin ich immer noch ein bisschen wortkarg und etwas schwach auf den Beinen, und als ich daran dachte, dass ich gleich ein Fußballspiel hatte, wurde es schon gar nicht besser. Es war das letzte Spiel unserer Mannschaft vor der Sommerpause, und wir mussten gewinnen, wenn wir den dritten Platz machen wollten. Heute spielten wir auch nicht zu Hause, sondern in einer anderen Stadt, nicht weit von unserer.

Meine Augen fühlten sich so dick an, dass ich bestimmt aussah wie ein Pandabär.

»Und?«, sagte Papa. Er stellte einen Teller mit knusprigen Toastscheiben auf den Tisch und setzte sich. »Aufgeregt wegen des Spiels?«

»Mhm«, sagte ich.

Ich war ja schon froh, dass diese Tanja nicht mehr mitkam. Es wäre total bescheuert gewesen, bei so einem wichtigen Spiel die Trantüte und ihre Zickentochter gelangweilt herumstehen zu sehen.

»Das wird schon«, sagte Papa. »Wir feuern euch ordentlich an und dann klappt das.«

Wir? Wen meinte er denn mit wir?

»Lotti und Nina kommen mit«, sagte Papa, als ob es das Selbstverständlichste von der Welt wäre.

Jetzt war ich richtig wach. Ich schob mir eine Gabel voll Rührei in den Mund.

Das war ein Fehler. In meinem Mund zog sich alles zusammen. Ich spuckte das Ei schnell wieder auf meinen Teller.

»Iiii!«, sagte ich.

»Na, na«, sagte Papa, aber dann hörte er auf zu kauen und verzog das Gesicht. »Hui! Das hab ich wohl kräftig versalzen.«

Ha!, dachte ich. Papa war in Lotti verknallt. Das war der Beweis!

Als wir mittags zusammen in unserem Auto zum Fußballspiel fuhren, versuchte ich zu erkennen, ob Papa und Lotti sich anhimmelten. Das taten sie aber nicht. Sie unterhielten sich ganz normal, über langweiligen Kram.

Ich erklärte Nina, was sie nachher, wenn das Spiel lief, tun sollte.

»Also«, sagte ich. »Wenn ich den Ball habe und damit auf das Tor losrenne, dann schreist du: ›Jonas vor!‹, kapiert?«

»Jonas vor!«, sagte Nina und lachte.

Lotti kramte in ihrer Tasche.

»Guck mal, Jonas«, sagte sie und zog zwei Schals heraus, einen blauen und einen weißen. Blau und Weiß sind unsere Mannschaftsfarben. Sie drehte die Schals ineinander und legte sie sich um den Hals wie eine blau-weiße Stoffkette.

»Ein echter Fan braucht einen Schal«, sagte sie.

»Cool«, sagte ich. Lotti war einfach klasse.

»Dann jubelst du diesmal auf jeden Fall für die Richtigen«, sagte Papa.

»Blödmann«, sagte Lotti, aber ich sah, dass sie lächelte.

Auf dem Platz warteten schon Max und David und die anderen.

»Sag mal«, sagte David und deutete mit dem Kinn auf Papa, Lotti und Nina, die gerade aus dem Auto stiegen. »Hat dein Papa schon wieder 'ne Neue?«

»Quatsch«, sagte ich böse. »Das ist Lotti, und sie ist überhaupt nicht neu, sondern eine richtige Freundin.«

»Ja, ja«, sagte David, »dein Papa geht aber richtig ran. Jede Woche 'ne andere dabei.«

Weiter kam er nicht, weil ich ihm eine reinhaute.

»Mensch, Jonas, spinnst du?«, rief unser Trainer. »Du hast sie wohl nicht alle! Dich vor dem Spiel mit deinem Teamkameraden zu prügeln! Hast du noch alle Tassen im Schrank?«

»Mann«, sagte David, »was ist denn mit DIR los? Idiot!« Damit drehte er sich um und ging.

Ich wusste auch nicht, was mit mir los war. Normalerweise bin ich nicht so. Aber das, was David gesagt hatte, war so be-

97

scheuert. Vielleicht war es vor allem deswegen so bescheuert, weil er recht hatte. Ich wollte schließlich auch nicht, dass Papa jede Woche eine andere auf den Fußballplatz mitbrachte. Vielleicht hatte er ja nach gestern Abend wenigstens keine Lust mehr auf dieses komische Speed-Dating am nächsten Tag.

Länger konnte ich darüber nicht nachdenken, denn ich musste mich umziehen, wir mussten uns aufwärmen. Beim Laufen schauten David und ich uns nicht an.

Als das Spiel begann, war ich nicht gut drauf. Ich kriegte den Ball nur zweimal zugepasst und an der Abwehr kam ich einfach nicht vorbei.

Es war David, der das erste Tor machte, aber Lotti und Papa und Nina jubelten wie verrückt, und Nina rief: »Jonas vor!« Dann schaffte die andere Mannschaft den Ausgleich und in der Halbzeitpause waren alle nervös.

»So geht das nicht, Jonas«, sagte der Trainer. »Ich möchte keine schlechte Stimmung in meinem Team. Du siehst ja selbst, dass Kloppereien nichts bringen.«

Ich verstand sehr gut, was er meinte, und ging rüber zu David.

»Entschuldigung«, sagte ich und hielt ihm die Hand hin.

Er guckte erst ein bisschen grimmig, aber dann seufzte er und schlug ein.

»War von mir ja auch blöd«, sagte er. »Die Freundin von deinem Papa hier ist ganz nett, oder?«

»Ja«, sagte ich, »ist sie.«

In der zweiten Halbzeit klappte es viel besser. David und

ich spielten uns die Bälle zu, und Nina rief die ganze Zeit: »Jonas vor!«, egal, wer den Ball hatte, bis Papa was zu ihr sagte, und dann rief sie manchmal: »David vor!«

Ich schoss noch zwei Tore und David eins und am Ende gewann unsere Mannschaft vier zu zwei.

Als der Schiedsrichter abpfiff, sprangen wir hoch und runter wie Flummis und brüllten und schrien. Der Trainer hob uns nacheinander alle hoch und schüttelte uns, als wären wir goldene Pokale.

Ich schaute zum Rand. Da standen alle Eltern und winkten. Lotti und Papa und Nina waren leicht zu erkennen, denn Lotti war die Einzige, die einen blau-weißen Schal trug. Von hier aus sahen sie aus wie eine richtige Familie. Davids Eltern standen bei ihnen. Sie redeten und lachten durcheinander. Papa schaute in meine Richtung und hob den Arm mit dem ausgestreckten Daumen.

»Komm«, sagte David und stupste mich an, und wir liefen zusammen rüber.

»Klasse«, sagte Papa und klopfte erst mir auf die Schulter und dann David. »Ihr wart klasse, ihr beiden!«

»Ja«, sagte Lotti und hob ihre Hand. »Gebt mir fünf!«

Wir schlugen ein, zuerst ich, dann David, und dann ging die Gratuliererei auch bei Davids Eltern los. Alle sagten, wie toll wir gespielt hätten und dass man das doch jetzt unbedingt noch feiern sollte.

Unser Trainer fand das auch und fragte den Trainer der anderen Mannschaft, wo man hier in der Stadt mit so vielen Leuten unangemeldet was essen gehen konnte.

Der sagte, er hat für sich und seine Mannschaft schon für heute nach dem Spiel in einem Restaurant reserviert, zum Saisonabschlussessen, und er fand, dass es reichte, auf dem Platz gegeneinander zu spielen, danach könne man genauso gut zusammen den dritten und vierten Platz feiern.
Das fand unser Trainer auch und so fuhren wir alle zusammen los.
Das Gasthaus lag an einem See, und es war ein Glück, dass der Trainer schon für eine ganze Mannschaft reserviert hatte, denn so konnte man aus einer langen Tafel noch mit

viel Gerücke und Geschiebe zwei machen. Als wir damit fertig waren, hatten wir die ganze Terrasse für uns.

Es war einfach klasse, mit allen hier in der Sonne zu sitzen und Würstchen mit Pommes zu essen. Neben mir saß David mit seinen Eltern, die sich mit Lotti und Papa unterhielten. Papa kannte die beiden ja schon länger, aber auch Lotti redete und lachte mit, als wäre sie schon zigmal dabei gewesen.

Als Lotti sagte, dass der Schiedsrichter eine Flasche ist, weil er uns einen klaren Elfmeter nicht gegeben hatte, stieß David mich an und flüsterte: »Die ist gut, die kann ruhig öfter mitkommen.«

Ich war so stolz auf Lotti wie sonst was.

Auf dem Rückweg zum Auto sagte Lotti zu Papa: »Wenn ihr wollt, könnt ihr morgen zum Kaffee rüberkommen. Meine Mutter hat Kuchen vorbeigebracht, das ist für Nina und mich sowieso zu viel.«

Ich freute mich schon auf einen gemütlichen Nachmittag mit leckerem Kuchen, da sagte Papa: »Nee, morgen geht nicht. Da haben wir schon was vor.«

Ich dachte, ich habe mich verhört! Papa wollte doch nicht wirklich zu diesem Speed-Dating gehen?!

»Echt?«, sagte ich, als ob ich das ganz vergessen hätte. »Was haben wir denn vor?«

Ich hoffte, dass es Papa peinlich war, Lotti zu erzählen, wo wir hingingen. Er wurde auch ein bisschen rot. Geschah ihm ganz recht!

»Wir gehen zum Amor-Treff«, sagte er.

»Ach so«, sagte Lotti.

Ich konnte nicht sehen, was sie dachte. Ihr Gesicht verriet nichts.

»Ja«, sagte ich und guckte Papa wütend an. »Wir gehen zum Amor-Treff, da gibt's nämlich ein Speed-Dating.«

»Was?«, fragte Lotti und guckte erst mich an, dann Papa. Ihre Augen waren kullerrund.

»Ein Speed-Dating, also …«, wollte Papa erklären, aber Lotti winkte ab.

»Ich weiß, was ein Speed-Dating ist«, sagte sie. »Ich wusste bloß nicht, dass die so was anbieten.«

»Papa sagt, viele Fische schwimmen im Teich«, sagte ich.

Papa guckte mich mit einem Blick an, der so viel bedeutete
wie: HALT DIE KLAPPE, JONAS! Aber das wollte ich gerade nicht.

»Wenn man da die Angel auswirft, beißt garantiert eine
an«, sagte ich.

»Na, dann«, sagte Lotti und lächelte, »viel Erfolg!«

Aber ihr Lächeln sah nicht echt aus.

Manchmal war Papa wirklich bescheuert.

VIERZEHNTES KAPITEL,
in dem neue Spieler im Team auftauchen

Am Sonntag machten wir uns um halb drei auf den Weg zum Weiberangeln.

Papa hatte sich richtig in Schale geschmissen: Er trug eine neue Hose und ein gestreiftes Hemd. Über die Schultern hing ein Pullover. Ich hatte mich geweigert, mich so rauszuputzen. Ein Hemd, nee, das ging ja gar nicht! Ich hatte meine Jeans an und ein sauberes T-Shirt. Papa hatte dann gar nicht weiter versucht, mich zu überreden. Wahrscheinlich hatte er ein schlechtes Gewissen, weil ich dieses Weiberangeln so blöd fand und trotzdem mitmusste.

Als wir vor dem Gebäude parkten, in dem das Ganze stattfinden sollte, bekam Papa rote Flecken am Hals. Er musste mächtig aufgeregt sein.

Der Amor-Treff hatte extra einen Saal in einem Hotel gemietet. Es war ein sehr feines Hotel mit dicken Teppichen und teuer aussehenden Möbeln.

In der Eingangshalle stand ein Schild:

Amor-Treff Speed-Dating

Daneben war Amor gemalt, wie er mit Pfeil und Bogen zielte. Der Pfeil zeigte in die Richtung, in die wir gehen mussten. Vor dem Eingang zum Saal standen schon eine ganze Menge Leute. Der Kiesewetter vom letzten Mal stand mittendrin und verteilte kleine Schildchen mit Namen und Nummern drauf. Er trug einen weißen Anzug mit roter Krawatte und redete auf jeden ein, dem er ein Schildchen gab. Dabei lachte er total blöd.

Amor Treff

Speed-Dating

Neben ihm stand eine kleine blonde Frau, die ebenfalls Schildchen verteilte. Sie hatte ein weißes Kostüm an und ein rotes Halstuch.

Papa sah sich ein bisschen unbehaglich um und sagte: »Na, dann wollen wir mal.« Er zog sein Hemd zurecht, holte tief Luft und steuerte auf den Kiesewetter und seine Kollegin zu.

»Ah, noch ein bekanntes Gesicht!«, rief der Kiesewetter und lachte meckernd, als hätte er gerade einen besonders guten Witz gemacht. »Wie war der werte Name noch mal?«

»Lorenz«, sagte Papa. Er schwitzte auf der Nase. »Ralf Lorenz.«

»Herr Lorenz, richtig!«, rief der Amor. »Und wie hieß noch gleich der Herr Sohn?«

Der Herr Sohn! So was Beklopptes! Ich sage euch, der Amor war nicht ganz dicht.

»Jonas«, sagte ich widerwillig.

Der Amor schrieb Papas Namen auf ein Zettelchen. Daneben malte er die Nummer 49 und schob das Ganze in eine Plastikhülle mit Klammer dran. Er reichte Papa das Schildchen und sagte: »Dann mal viel Glück, Herr Lorenz, dass Sie Ihre Herzdame heute finden!«

Dann wollte der Amor mir auch noch ein Schildchen anheften, aber da war Feierabend bei mir.

»Nee«, sagte ich und ging einen Schritt zurück.

»Aber die bezaubernden Damen müssen doch wissen, wie der Herr Sohn heißt«, sagte der Amor und wackelte mit seinem Zeigefinger vor mir herum, als wäre ich ein Baby.

»Nee«, sagte ich noch mal, und Papa sagte: »Das schaffen wir schon so, Herr Kiesewetter.«

Der Amor schaute beleidigt, sagte: »Wie Sie wollen«, und sprang mit seinem falschen Lachen auf den Nächsten zu, der hinter uns stand.

Wir gingen in den Saal und schauten uns um. In der Mitte standen zwei lange Reihen aus Tischen mit Stühlen. Da passten bestimmt hundert Leute dran. Die Tischdecken waren rot mit weißen Herzen. Auf den Tischen standen Flaschen mit Mineralwasser und Saft und Gläser. An einer Wand hing ein riesiges Plakat:

Mit **Amor-Treff** kommt die Liebe

Der dämliche Kiesewetter und seine Kollegin grinsten von dem Plakat herunter und hielten sich dabei an den Händen. Mann, war mir das alles peinlich!

Papa und ich standen verloren in der Gegend herum.

Wir waren aber nicht die Einzigen. Insgesamt waren bestimmt so fünfzig, sechzig Leute da und die meisten standen für sich und guckten herum.

Ich erkannte die beiden Freundinnen, die im Wald dabei gewesen waren und die ganze Zeit so dämlich gekichert hatten. Tanja und Evelyn konnte ich nirgends entdecken.

Ich atmete gerade erleichtert auf und schaute weiter umher, da dachte ich, mich trifft der Schlag. Mitten in dem Gewühl stand Lotti! Ich musste zweimal hinschauen, weil ich es erst gar nicht glauben konnte, aber es war eindeutig Lotti!

So groß sind nicht viele Frauen und ihre langen braunen Locken fielen auch gleich auf. Sie trug ein bunt geblümtes Sommerkleid und redete gut gelaunt mit einem Mann im Anzug, der an ihren Lippen hing und sie anglotzte wie ein Mondkalb. Sein Grinsen sah genauso dämlich aus wie Papas Tussenlächeln, aber Lotti schien das nicht zu stören, denn sie redete und lachte und redete und lachte.

Ich war völlig von den Socken. Was machte denn Lotti hier?

»Ist das Lotti?«, hörte ich Papas Stimme. Er starrte mit zusammengekniffenen Augen in ihre Richtung.

»Glaub schon«, krächzte ich.

»Was macht sie denn hier?«, fragte Papa. Er sah mindestens so überrascht aus wie ich.

»Keine Ahnung«, sagte ich.

Ich wusste echt nicht, was ich denken sollte. Papa und Lotti hatten doch immer über die Geschichten vom Amor-Treff gelacht und auf einmal tauchte sie selbst hier auf?

Papa sah aus, als ob ihm das überhaupt nicht passte. Aber da war er wohl selbst schuld. Er tappte schließlich immer zu diesem dämlichen Amor-Treff, da konnte er nun schlecht auf Lotti sauer sein.

Und überhaupt, dachte ich wütend, warum musste Papa auch unbedingt hier sein? Wir hätten schließlich mit Lotti und Nina einen schönen Ausflug machen können. Stattdessen stand Lotti jetzt bei einem anderen Mann, der aussah wie ein Lackaffe und sie anstarrte, als wäre sie ein riesiges Stück Kuchen, das er gleich verschlingen wollte.

»Mit wem redet Lotti denn da?«, fragte Papa auch schon.

Ich wollte ihm gerade sagen, dass er daran wohl selbst schuld war, aber da kamen auch schon der Kiesewetter und seine Kollegin herein und schlossen die Tür hinter sich.

Der Amor räusperte sich und griff zu einem Mikrofon, das auf einem Tischchen in der Nähe des Eingangs lag.

»Hallo«, sagte der Amor, und es dröhnte und piepste aus einem Lautsprecher. Nachdem er am Mikrofon gedreht hatte, begann er noch mal von vorn.

»Meine lieben Damen und Herren, Mitglieder des Amor-Treffs. Ich freue mich, Ihnen heute eine besondere Gelegenheit zum Kennenlernen bieten zu können, zu der doch einige Leute mehr erschienen sind, als wir dachten. Toll!«

Er lachte und zeigte seine strahlend weißen Zähne. Dann machte er eine kleine Pause, offensichtlich wartete er auf Applaus, aber keiner klatschte.

»Heute also«, sagte er, »treffen wir uns zum Speed-Dating, auch Blitz-Kennenlernen genannt. Sie alle haben Schildchen bekommen, auf denen Ihr Name und eine Nummer steht.«

Der Amor hob ein Schildchen hoch. Als ob keiner wüsste, was er meinte!

»Nun zum Ablauf«, fuhr er fort. »Wir haben dreiundzwanzig Damen und sechsunddreißig Herren. Jede Dame setzt sich nun zu einem Herrn ihrer Wahl. Die Herren, die noch warten müssen, weil wir zu wenig Damen haben, bleiben einfach sitzen. Dann haben die Pärchen, die sich gegenübersitzen, zwei Minuten Zeit, sich zu unterhalten. Wenn meine Kollegin mit der Glocke läutet, wechseln die Damen einen Tisch weiter. Bitte notieren Sie sich auf Ihrem Notiz-block die Nummer des Herrn oder der Dame, die Sie gerne wiedersehen möchten. Wir machen so lange weiter, bis alle Damen einmal bei jedem Herrn gesessen haben. So weit al-les klar?«

Alle nickten.

Ich sah zu Lotti und dem Lackaffen rüber. Der Lackaffe flüs-terte ihr etwas ins Ohr, und Lotti hielt sich die Hand vor den Mund, als würde sie gleich losprusten vor Lachen.

»Dann machen wir eine Pause von einer Viertelstunde«, re-dete der Amor weiter. »Währenddessen kann jeder über-legen, wen er am liebsten wiedersehen will, und diejenige oder denjenigen auf dem Zettel notieren. Diesen Zettel gibt er bei mir und meiner Kollegin ab und wir ziehen uns zur Auswertung zurück.«

Die Kollegin nahm das Mikrofon in die Hand. »Wenn wir zurückkommen, verkünden wir, wer wen treffen wird. Die Paare können sich dann zusammenfinden und, wenn sie möchten, ihre Telefonnummern austauschen. Alle Paare sind herzlich eingeladen, am nächsten Sonntag mit uns auf den Jahrmarkt zu gehen, ein herrlicher Ort, um sich un-gezwungen kennenzulernen. Treffpunkt am Eingang des Festplatzes, fünfzehn Uhr.«

Man hörte zustimmendes Murmeln und der Amor schnappte sich noch einmal das Mikrofon. »So«, sagte er. »Die Damen und Herren, die mit ihren Kindern gekommen sind, denken bitte daran, die Kinder vorzustellen. Einige wollten nämlich kein Schildchen anstecken.«

Der Amor sah vorwurfsvoll in meine Richtung. Alle starrten mich an. Auch Lotti und der Lackaffe. Lotti winkte. Ich winkte zurück, aber Papa stand da wie aus Stein gemeißelt.
»Und nun«, sagte der Amor, »auf die Plätze, fertig, los!«
Alle wuselten durcheinander, um sich ihre Plätze zu suchen. Papa und ich setzten uns in die Mitte der ersten Tischreihe. Rechts von uns saß ein dicker Mann mit Schnurrbart, der sich mit einem Taschentuch die Stirn abtupfte. Links saß der Braungebrannte mit den grauen Schläfen, den wir schon vom ersten Amor-Treff kannten, mit seinem Sohn Marius. Also hatte der auch noch nicht die passende Frau gefunden.
Der Amor läutete mit der Glocke.
Offensichtlich hatten sich manche Frauen schon ausgesucht, bei wem sie sitzen wollten, und gingen auf einen bestimmten Tisch zu. Andere standen unschlüssig herum und nahmen dann die Tische, die übrig geblieben waren. Lotti setzte sich gleich zum Lackaffen.
Auf Papa kam eine Blondine zugeschossen, die ganz nach seinem Geschmack sein musste. Sie trug einen engen Anzug mit viel Ausschnitt und eine Menge Armreife. Ich erwartete, dass Papa gleich sein Tussenlächeln aufsetzen würde, aber das tat er nicht. Er starrte an der Blondine vorbei auf Lotti, die sich bestens mit dem Lackaffen unterhielt.
»Hallo«, sagte die Blondine und setzte sich. Sie hielt Papa die Hand hin. »Ich bin Petra.«
Jetzt schien Papa aufzuwachen. »Hallo«, sagte er. »Ich bin Ralf und das ist mein Sohn Jonas.«
Ich sagte »Hallo«.

Diese Petra lächelte mich an und dann legte sie los. »Also«, sagte sie, »Sie sind mir gleich aufgefallen. Sind ja nicht so viele attraktive Männer hier.«

Normalerweise würde Papa jetzt vor Begeisterung über so ein Kompliment sicher grinsen wie ein Honigkuchenpferd, aber er sagte nur: »Danke, nett von Ihnen«, und schielte wieder zu Lotti und dem Lackaffen rüber.

Ich tappte ihm unter dem Tisch ans Bein, denn ich fand das ziemlich unhöflich.

Papa schien das jetzt auch aufzufallen, denn er setzte ein Lächeln auf und sagte: »Ja, und was machen Sie so?«

»Ich bin Versicherungsangestellte«, sagte Petra und klimperte mit den Augen. »Ich VERSICHERE dir, dass ich mich freuen würde, wenn du mich auswählst für ein Treffen.«

Mann, den Satz hatte sie sich bestimmt schon vor Wochen ausgedacht. Sie sah sehr stolz aus.

»Äh, ja«, sagte Papa. »Das freut mich.«

Dann sagte keiner mehr was, und gerade als Papa fragte: »Wie finden Sie denn …«, klingelte es und die Zeit war zu Ende.

Petra kniff die Augen zusammen, schaute auf Papas Schildchen und kritzelte etwas auf ihren kleinen Block, wahrscheinlich Papas Namen und Nummer.

»Schade«, sagte sie, »ich hätte mich wahnsinnig gern noch länger mit Ihnen unterhalten. Vielleicht sehen wir uns ja wieder?«

»Ja«, sagte Papa, »vielleicht.«

Dann ging Petra einen Tisch weiter und an unseren Tisch kam eine Frau mit einem schwarzen Pferdeschwanz. Sie trug ein graues Kleid und sah ziemlich streng aus.
»Dietlinde«, sagte sie und setzte sich.
»Ralf und Jonas«, sagte Papa.
»Ich bin Vegetarierin«, sagte Dietlinde. »Und Sie?«
»Hm«, sagte Papa, »wir essen ganz gern mal Fleisch.«

»Aha«, sagte Dietlinde und ihre Lippen verzogen sich. »Sie wissen schon, wie ungesund das ist?«

»Ja«, sagte Papa. »Aber nur, wenn man es übertreibt, und das gilt doch für alles, nicht wahr?«

Daraufhin war diese Dietlinde wohl beleidigt, denn sie sagte nichts mehr.

Während Papa und Dietlinde sich anschwiegen, schielte ich ein paar Tische weiter. Da saß Lotti bei einem dünnen Kerl mit langen roten Haaren.

Die Glocke läutete, und Dietlinde ging weiter, ohne sich zu verabschieden.

Papa renkte sich fast den Hals aus, um zu sehen, wo Lotti hinging. Sie setzte sich zu einem Mann mit Lederjacke und Stoppelbart und lachte ihn freundlich an.

In diesem Moment tauchte vor uns eine Frau mit kurzen roten Haaren auf, neben sich ein Mädchen.

Mir wurde heiß. Naomi! Ich wusste, dass Naomi mit ihrer Mutter allein lebte, aber wie hätte ich ahnen können, dass die beiden heute hier auftauchen würden? Und vor allem: Wie hatte ich Naomi bis jetzt übersehen können?

»Hallo«, sagte Naomis Mutter. »Ich bin Raffaela.«

»Hallo«, sagte Papa und stellte uns vor.

Mein Kopf wurde heiß, als Naomi mich ansah.

»Wir sind in einer Klasse, Jonas und ich«, sagte Naomi zu ihrer Mutter.

Ihr schien das alles gar nicht peinlich zu sein. Ich verknallte mich sofort noch ein bisschen mehr in sie.

»Na, so was! Naomi«, sagte Papa, und ich merkte, dass er

sich nur zu gut daran erinnerte, was ich ihm von ihr erzählt hatte. Ich wurde, wenn das überhaupt möglich war, noch röter.

Papa verhielt sich aber super. Er ließ sich nichts anmerken und fing mit Naomis Mutter gleich ein Gespräch an.

Naomi sagte nichts und lächelte mich an.

»Komisch, das hier, oder?«, sagte ich.

»Ist doch ganz lustig«, sagte Naomi. »Und muss ja außer uns beiden keiner wissen!«

Ich schüttelte stumm den Kopf. Ich hatte ein Geheimnis mit Naomi!

Papa und Naomis Mutter schienen sich gut zu verstehen. Als die Glocke klingelte, schrieben sich beide die Namen und Nummern auf.

»Schön, endlich mal eine gleich gesinnte Seele zu treffen«, sagte Naomis Mutter und lachte freundlich, bevor sie an den nächsten Tisch zogen.

Und dann saß Lotti am Nebentisch, bei dem dicken Herrn mit dem Schnauzer.

Ich bekam kaum mit, wer an unserem Tisch saß, weil ich versuchte, Lotti und den dicken Herrn zu belauschen. Ich war mir sicher, dass das nicht ihr Typ war, aber Lotti war nett und freundlich, und der Mann schaute sehr bedauernd, als sie aufstand, ohne sich seine Nummer aufzuschreiben.

Und dann setzte Lotti sich zu uns.

»Hallo, ihr zwei«, sagte sie und lachte uns fröhlich an.

»Hallo«, sagte Papa. »Was machst du denn hier?« Er klang ein bisschen gereizt.

»Ach«, sagte Lotti, »ich fand, was ihr über dieses Weiberangeln gesagt habt, klang ganz interessant. Da hab ich heute Morgen spontan beschlossen, mir das Ganze mal anzugucken.«

»Wo ist Nina?«, fragte ich.

»Bei meiner Mutter«, sagte Lotti. »Und, war schon jemand für dich dabei, Ralf?«

»Ja, ein paar waren sehr nett«, sagte Papa und sah Lotti direkt in die Augen. »Nette Frauen. Sehr nett. Und bei dir?«

»Mal sehen«, sagte Lotti und lächelte. »Also, ich muss sagen, ich bin froh, dass ich hergekommen bin. Hatte schon ganz vergessen, wie viel Spaß es macht, neue Leute kennenzulernen.«

»Schön«, sagte Papa, aber er klang, als ob er es überhaupt nicht schön fand. »Dann wünsche ich dir noch viel Spaß.«

Die Glocke läutete.

»Ich euch auch«, sagte Lotti fröhlich und stand so schwungvoll auf, dass ihr Rock sich drehte wie in einem Film. »Viel Erfolg!« Sie zwinkerte Papa zu und steuerte dann auf einen Tisch zu, an dem ein Typ saß, der glatt ein Skilehrer hätte sein können, braun gebrannt und mit blonden Haaren und knallblauen Augen.

Es kamen noch eine Menge Frauen an unseren Tisch, aber Papa war ziemlich einsilbig. Er schaute immer wieder dahin, wo Lotti gerade saß. Die war so beschäftigt damit, zu reden und zu lachen, dass sie uns gar nicht beachtete.

Dafür bemerkte ich, als ich nach Naomi Ausschau hielt, dass die mich gerade anguckte. Ich musste automatisch lächeln.

Mann, Jonas, dachte ich, *du siehst bestimmt genauso doof aus wie Papa mit seinem Tussenlächeln,* aber Naomi lächelte zurück. Amors Pfeil traf mich genau in diesem Moment mit voller Wucht. Vom Rest des Weiberangelns bekam ich nicht mehr allzu viel mit, weil ich die ganze Zeit Naomi anguckte.

In der Pause kam sie mit ihrer Mutter zu uns geschlendert, und Papa und Naomis Mutter unterhielten sich.

Ich wollte gern was zu Naomi sagen, aber mir fiel nichts wirklich Interessantes ein. Und dann machte ich den Mund doch auf. Das war ein Fehler, denn ich sagte was total Blödes: »Daniel ist manchmal echt bescheuert.«

Naomi hob die Augenbrauen. Klar, was sollte sie denn jetzt von mir denken?

»Ich dachte, er ist dein bester Freund?«

»Schon«, sagte ich. »Trotzdem. Manchmal ist er doof.«

Super, Jonas, dachte ich.

Naomi lächelte. »Jeder ist mal doof«, sagte sie. »Das ist eben so.«

Wir schwiegen eine Weile. Dann sagte Naomi: »Hast du die Matheaufgaben für morgen verstanden?«

»Nee«, sagte ich und verdrehte die Augen.

Und wir unterhielten uns ganz normal über die Schule, bis der Amor wieder klingelte.

»Nun kommen wir zur Verkündung der Paare, die sich gefunden haben«, sagte er, und ein Raunen ging durch den Saal. »Jetzt wird es spannend!«

Alle hörten auf zu reden und sahen den Amor und seine

Kollegin an, die einen Bogen Papier aufrollte und an den Amor weiterreichte. Der Amor machte es natürlich ganz besonders spannend. Er las nämlich immer eine Nummer vor und bat die betreffende Person zu sich. Dann machte er eine kleine Pause, bis er die Partnernummer nannte. So ging das eine ganze Weile und dann las er Lottis Namen vor.

Lotti ging nach vorn und stellte sich neben den Amor. Sie hatte glühende Wangen und war noch schöner als sonst.

»Wen haben wir denn nun für diese bezaubernde Dame gefunden?«, sagte der Amor. »Ich kann Ihnen verraten, diese Dame war die begehrteste Kandidatin des heutigen Tages! Siebzehn Männer hätten sie gern wiedergesehen, aber es gab nur eine Übereinstimmung. Und der Glückliche ist ...«

Ich hielt den Atem an. Vielleicht hatte Lotti ja Papa aufgeschrieben? Ich drückte die Daumen in meiner Hosentasche so fest, dass es wehtat.

»... zweiundvierzig!«, rief der Amor.

Ich schaute auf Papas Schild. Er hatte die Neunundvierzig.

Der Lackaffe drängte sich nach vorn. Er strahlte übers ganze Gesicht und gab Lotti ein Küsschen auf jede Wange.

Papa guckte äußerst missmutig.

»Der Lackaffe, echt?!«, sagte ich. Das verstand ich nun überhaupt nicht. Was fand Lotti denn an dem?

»Tja«, sagte Papa. »Wenn der ihr gefällt, bitte schön!«

Als er an der Reihe war, stellte sich heraus, dass Papa von Naomis Mutter gewählt worden war.

Das bedeutete, wir vier würden zusammen auf den Jahrmarkt gehen. Bei dem Gedanken, mit Naomi Karussell zu fahren, spürte ich ein Kribbeln im Bauch. Und trotzdem wünschte ich mir, dass Papa und ich mit jemand anders hingehen würden.

FÜNFZEHNTES KAPITEL,

in dem Papa eine Gelbe Karte bekommt

In den nächsten Tagen war Papa ziemlich schlecht gelaunt und redete nicht viel. Einmal rief Tante Birgit an, und ich hörte, wie Papa zu ihr sagte, dass das mit dem Amor-Treff eine Schnapsidee gewesen sei.

»Wenn das eine Schnapsidee gewesen ist, warum gehen wir dann am Sonntag mit den Amor-Leuten zum Jahrmarkt?«, fragte ich.

»Weil ich mit Raffaela verabredet bin«, knurrte Papa, »und man lässt Leute nicht im Stich.«

Das verstand ich aber nicht wirklich, denn Papa hatte mir am Sonntagabend noch erzählt, dass Naomis Mama eigentlich auch gar keine Lust auf dieses Speed-Dating gehabt hatte und nur hingegangen ist, weil ihre Schwester ihr in den Ohren gelegen hat, sie solle das doch mal versuchen, es sei mal Zeit, wieder jemand kennenzulernen. Papa und Naomis Mutter hatten auch schon mal telefoniert, und das, was ich mitbekommen hatte, klang eher wie ein Gespräch unter guten Freunden als verliebt.

»Was soll's«, hatte Papa zu Raffaela gesagt, »dann tun wir

eben unserer Verwandtschaft den Gefallen und gehen dahin. Wir können das ja ganz entspannt sehen.«

Es war nur komisch, dass Papa trotzdem ganz und gar nicht entspannt wirkte. Er schimpfte auf den Amor-Treff und Tante Birgit, die ihm das alles eingebrockt hatte. Den Kiesewetter fand Papa bekloppt und das ganze Getue ums Verliebtsein sowieso einen Mist.

Ich fand den Amor-Treff ja auch doof, aber immerhin würde ich dadurch am Sonntag mit Naomi auf den Jahrmarkt gehen.

In der Schule redeten wir immer noch nicht viel miteinander, aber manchmal merkte ich, dass sie mich ansah. Die Fußballsaison war vorbei, deshalb musste ich auch nicht wegen des Amor-Treffs auf ein Spiel verzichten.

Eigentlich wäre also alles gar nicht so schlimm gewesen, wenn nicht die Sache mit Lotti und dem Lackaffen dazugekommen wäre.

Das fing gleich am Montag nach dem Speed-Dating an. Abends klingelte es an unserer Wohnungstür. Ich öffnete. Lotti stand vor der Tür.

»Hallo, Jonas«, sagte sie.

Papa hatte das Klingeln gehört und kam aus dem Wohnzimmer in den Flur.

»Hallo«, sagte er.

»Hallo«, sagte Lotti.

Die beiden klangen irgendwie komisch. Ein bisschen so, als wären sie Fremde.

»Ich wollte Bescheid sagen, dass Jonas morgen nach der

Schule nicht zu mir kommen kann«, sagte Lotti.
»Warum denn nicht?«, fragte ich.
»Ich habe etwas vor«, sagte Lotti.
Mehr sagte sie nicht, sie sah mich nur mit einem geheimnisvollen Lächeln an.
»Gut«, sagte Papa, »dann weiß ich Bescheid.«
»Ja«, sagte Lotti. »Dann gehe ich mal wieder. Tschüs!«
Sie drehte sich um und verschwand.
»Toll«, sagte Papa, »mir einen Tag vorher Bescheid zu sagen.«
»Ist doch nicht so schlimm«, sagte ich. »Ich kann ja mal allein zu Hause bleiben.«
Ich fand es natürlich schade, dass Lotti keine Zeit hatte, aber ich konnte schließlich problemlos auf mich selbst aufpassen. Warum Papa so sauer war, verstand ich nicht.

Am Mittwoch passierte aber dasselbe.
Lotti klingelte und sagte, sie sei leider auch am Donnerstagmittag nicht zu Hause.
»Wenn du gar keine Zeit mehr für Jonas hast, kannst du das ruhig gleich sagen«, sagte Papa.
Lotti starrte ihn an. »So was«, sagte sie. »Ich wusste nicht, dass ich mich bei dir abmelden muss, wenn ich mir etwas vornehme.«
Papa schluckte. »Entschuldige«, sagte er. »So hab ich das natürlich nicht gemeint.«
»Dann ist es ja gut«, sagte Lotti.
»Was hast du denn vor?«, fragte ich.
Ich fand es total blöd, dass Lotti und Papa so komisch miteinander waren. So konnte es ja nie was werden mit den beiden.
Lotti lächelte. »Ich treffe mich mit jemandem«, sagte sie.
»Ich gucke die Nachrichten zu Ende«, sagte Papa. »Tschüs, Lotti!«

Er drehte sich um und verschwand im Wohnzimmer.

»Mit wem denn?«, fragte ich.

Nicht mit dem Lackaffen, dachte ich, *bitte nicht mit dem Lackaffen!*
Der Typ hatte Lotti am Sonntag so angehimmelt, dass einem
fast schlecht geworden war.

»Du bist aber ganz schön neugierig«, sagte Lotti und schüttelte den Kopf. »Mit Severin. So, und mehr musst du nicht
wissen.«

Severin? Das war hundertprozentig der Lackaffe vom Amor-
Treff. So konnte doch nur ein Lackaffe heißen.

Als Lotti weg war, ging ich zu Papa ins Wohnzimmer.

»Sie trifft sich mit diesem Lackaffen«, sagte ich. »Der vom
Amor-Treff.«

»Von mir aus«, sagte Papa mürrisch und stierte auf den Fern-
seher. Da sah man eine blonde Nachrichtensprecherin, aber
Papa guckte glatt durch sie hindurch. »Lotti ist ein freier
Mensch. Sie kann machen, was sie will.«

Da wurde ich sauer.

»Ihr macht alle, was ihr wollt!«, rief ich. »Du triffst dich mit
der langweiligen Stubenfliege und jetzt mit Naomis Mutter,
obwohl ihr gar nicht verliebt seid. Und Lotti rennt zu diesem Severin. Bald hat sie gar keine Zeit mehr für uns. Das
ist doch total bescheuert!«

Das hatte ich eigentlich nicht sagen wollen, aber es war einfach so aus mir rausgeplatzt.

»Hast du eine bessere Idee?«, sagte Papa. »Ich kann doch
nichts machen. Wenn sie sich mit diesem Lackaffen treffen
will, ist das ihre Sache.«

»Na, toll«, sagte ich. »Ist dir das alles egal? Lotti und Nina und alles?«

Papa gab keine Antwort. Er starrte aus dem Fenster. Ich ging in mein Zimmer und knallte die Tür hinter mir zu.

Auf einmal fühlte ich mich sehr allein.

SECHZEHNTES KAPITEL,
in dem es rundgeht

Sonntagmittag machten Papa und ich uns auf den Weg zum Jahrmarkt.

Eigentlich hätten wir Lotti und Nina mitnehmen können, wir hatten ja den gleichen Weg, aber Papa sagte: »Wenn sie eine Verabredung mit diesem Severin hat, ist es wohl nicht so geschickt, wenn wir dort gemeinsam auflaufen wie eine Familie.«

Er hatte wohl ganz vergessen, dass er selbst auch verabredet war, mit Naomis Mutter.

Diesmal hatte Papa mir nicht sagen müssen, ich solle mich schick machen. Ich hatte mein bestes Fußballtrikot angezogen, das von der Nationalmannschaft, und eine neue Jeans.

Es war schönes Wetter und schon von Weitem hörten wir Stimmengewirr und Musik. Ab und zu erschien ein Kran mit Gondel am Himmel und in dieser Gondel saßen kreischende Menschen. Ich kannte das Karussell vom letzten Jahr, es hieß *Twister* und machte mächtig Spaß.

Als wir die Losbude sehen konnten, an der wir uns mit den anderen vom Amor-Treff verabredet hatten, wurde ich

ziemlich nervös. Ich reckte den Hals, um nach Naomi Ausschau zu halten. Als ich sie entdeckte, kriegte ich schon
wieder heiße Backen. Sie trug ein rotes T-Shirt, ihre Haare
waren offen und fielen den halben Rücken runter. Sie war
echt das schönste Mädchen der Schule. Neben ihr stand
Raffaela und unterhielt sich mit einer Frau, die ich nicht
kannte. Und daneben war Lotti. Sie unterhielt sich mit dem
Lackaffen. Der hatte selbst für den Jahrmarkt einen Anzug
angezogen.

Als wir ankamen, ging eine größere Begrüßung los. Der
Amor und seine Kollegin waren auch schon da und von allen
Seiten trudelten Leute ein.

Papa und Raffaela begannen gleich, sich leise zu unterhalten. Ich konnte nur ein paar Sachen aufschnappen, so was
wie »peinlich« und »Amor« und so. Anscheinend lästerten
sie über die ganze Sache. War ja auch leicht, wo sich beide
darüber einig waren, dass sie sich nicht wie Verliebte verabredet hatten, sondern wie Freunde. Ich konnte aber sehr
gut sehen, dass Papa immer wieder zu Lotti und dem Lackaffen rübersah. Lotti hatte uns freundlich »Hallo« gesagt, und
mich hatte sie gefragt, wie es mir so geht, aber dann hatte
sie sich gleich wieder mit dem Lackaffen unterhalten und
schien uns seitdem nicht mehr zu bemerken.

»Gehen wir zusammen auf den *Twister*?«, fragte Naomi. Sie
sah mich mit ihren großen grünen Augen an.

Ich wäre überall mit ihr hingegangen und ich nickte.

Der Amor wünschte uns allen viel Spaß und ging seiner
Kollegin nach in Richtung Popcornstand. Papa und Raffaela

wollten unbedingt zuerst auf die Berg-und-Tal-Bahn, also
stellten wir uns dort am Kassenhäuschen an.

Offensichtlich hatten Lotti und der Lackaffe dieselbe Idee
gehabt. Sie kauften gerade ihre Karten und stiegen dann in
einen der bunten Wagen. Der Lackaffe legte gleich einen
Arm um Lotti. Ich hoffte, dass Papa das nicht sah, aber natürlich tat er das. Er drehte sich weg und begann, mit Raffaela zu reden.

Ich mag die Berg-und-Tal-Bahn gern, weil man da immer
so nach außen in die Wagenecke gedrückt wird. Am besten
finde ich es, wenn sie rückwärtsfährt.

Wir quetschten uns zu viert in einen Wagen. Papa und Raffaela setzten sich nach außen, Naomi und ich nach innen. So
nah war ich ihr noch nie gewesen. Unsere Arme berührten
sich ein bisschen und ich bekam eine Gänsehaut.

Dann ging es auch schon los. Die Bahn setzte sich in Bewe-
gung und wir schaukelten erst gemächlich über die Boden-
wellen, dann fuhr die Bahn immer schneller.

»Cool!«, rief Naomi. Sie strahlte übers ganze Gesicht und
ihre Haare wehten im Fahrtwind. Ich dachte, ich fliege in
eine Wolke aus Erdbeeren, denn ihre Haare dufteten wie
eine riesige Schüssel voll Erdbeeren mit frischer Sahne.

Und dann rutschten wir alle nach außen.

Ich versuchte erst, mich festzuhalten, aber das hatte keinen
Sinn. Ich ließ die Haltestange los und rutschte auf Raffaela
drauf. Sie japste und flog auf Papa und dann rutschte Naomi
noch auf mich drauf. Wir lachten alle durcheinander, und
ich fühlte mich großartig, wie ich so dahinsauste, mit dem

schönsten Mädchen der Schule ganz nah bei mir und dem Erdbeerduft ihrer Haare in der Nase. Ich schaute Naomi an, und ihre Augen strahlten vor dem Hintergrund aus Leuten und Lichtern, der zu einem leuchtenden bunten Muster verwirbelte. So hätte ich ewig weiterfahren können.

Leider war die Fahrt irgendwann zu Ende, und der Wagen rollte aus, bis er schließlich anhielt.

»Meine Güte«, sagte Papa und fuhr sich durch die Haare. »Was für eine Fahrt!«

»Super«, sagte Raffaela, und wir kletterten lachend aus dem Wagen.

Wir stiegen gerade die Stufen zum Rummelplatz hinunter, da entdeckte ich Lotti und den Lackaffen. Der Lackaffe war ein wenig grün im Gesicht und sah gar nicht mehr so cool aus. Er schwankte und Lotti musste ihn stützen.

»Sieht so aus, als ob jemand das Karussellfahren nicht verträgt«, sagte Papa. Er lächelte zufrieden.

»Der Arme«, sagte Raffaela. »Der hat nicht viel Spaß, wie es aussieht.«

»Nein, das hat er wohl nicht«, sagte Papa fröhlich.

Wir spazierten weiter zu einem Stand, an dem man Dosen werfen konnte. Papa schaffte es, immerhin zehn von zwölf Dosen abzuwerfen, und suchte sich als Gewinn eine Plastikkette für Raffaela aus.

»Ein kleines Andenken an den Amor-Treff«, sagte er, als er Raffaela die Kette umlegte.

»Traumhaft«, sagte Raffaela und kicherte.

»Jetzt du, Jonas«, sagte Papa.

Ich strengte mich ordentlich an, schließlich sah Naomi zu, und mit dem letzten Wurf räumte ich tatsächlich alle Dosen ab.

»Was magst du denn?«, fragte ich Naomi.

Sie wurde ein bisschen rot und zeigte auf eine lila Sonnenbrille. Ich war ziemlich stolz, als ich zu dem Budenbesitzer sagte: »Wir hätten gern die lila Sonnenbrille da«, und sie dann Naomi gab.

Jetzt wollte Naomi werfen und sie räumte auch alles ab.

Sie fragte erst gar nicht, was ich haben wollte, sondern entschied sich gleich für einen aufblasbaren Fußball.

»Den kannst du im Sommer ins Schwimmbad mitnehmen«, sagte sie.

Ich fand das klasse von Naomi. *Am liebsten würde ich dich ins Schwimmbad mitnehmen*, dachte ich. Aber da sah ich sie plötzlich wieder im Bikini vor mir und merkte, wie ich heiße Bakken bekam. Ich dachte schnell an was anderes und sagte nur »Danke«.

Wir schlenderten eine ganze Weile über den Rummelplatz und es gab überall eine Menge zu entdecken.

Dann standen wir vor dem *Twister*, den ich schon von Weitem gesehen hatte.

»Wollen wir?«, fragte Papa.

Wir alle wollten und Raffaela kaufte Karten. Papa, Naomi und ich beobachteten die kleinen Gondeln, in denen man zu zweit sitzen konnte. Gerade war eine Fahrt zu Ende und die Leute stiegen aus. Einer fiel mehr, als dass er ging. Es war der Lackaffe. Diesmal war er noch grüner im Gesicht als vorhin. Lotti hielt ihn am Arm fest und schaute ihn besorgt an.

»Hat der noch nicht genug?«, fragte Papa.

Und genau in diesem Moment wurde der Lackaffe noch grüner, hängte sich über das Geländer und kotzte hinunter.

»Iiii«, sagte Naomi.

»Du liebe Güte«, sagte Papa. »Da hat Lotti ja einen zauberhaften Verehrer.«

Mir tat der Lackaffe jetzt ein bisschen leid, wie er da so grün über dem Geländer hing. Aber er tat mir nicht sehr lange leid, immerhin war er daran schuld, dass wir Lotti seit einer Woche kaum gesehen hatten.

131

Lotti sagte was zum Lackaffen und schaute sich um. Sie entdeckte uns und steuerte auf uns zu.

»Hast du ein Taschentuch, Ralf?«, sagte sie.

»Wie viele braucht ihr denn?«, fragte Papa und zog eine Packung aus der Jackentasche. »Am besten nimmst du alle mit, auf Vorrat. Wer weiß, wie viele dein Freund noch braucht.«

Lotti sah Papa an, als wollte sie ihn auffressen. Sie riss ihm die Packung aus der Hand. »Vielen Dank«, sagte sie übertrieben freundlich, während ihre Augen funkelten wie Feuer.

Sie drehte sich um und verschwand in Richtung Lackaffe, der sich wieder aufgerappelt hatte. Mit einer Hand hielt er sich am Geländer fest, mit der anderen wischte er sich den Schweiß von der Stirn.

Dann sahen wir Raffaela, die uns hektisch zu sich rüberwinkte, denn nun konnte man einsteigen. Papa und Raffaela nahmen eine Gondel und Naomi und ich eine andere.

Es war herrlich, mit Naomi neben mir immer wieder hoch in die Luft hinausgetragen zu werden. Jedes Mal, wenn unsere Gondel hochging, schauten wir runter auf den Platz, wo die Menschen plötzlich ganz klein aussahen.

»Guck mal«, sagte Naomi und zeigte auf eine Ansammlung von Tischen, wo man offensichtlich was trinken konnte.

Da saß der Lackaffe mit einem Glas vor sich. Lotti brach gerade ein Stück von einer großen Brezel ab und hielt es ihm hin.

»Selber schuld«, sagte ich. »Wenn er's nicht verträgt, muss er ja nicht auf den Jahrmarkt gehen.«

»Dein Papa ist eifersüchtig, nicht wahr?«, sagte Naomi.
Ich sah sie verblüfft an.
»Sieht doch ein Blinder mit Krückstock«, sagte sie. »Sagt Mama auch.«
»Echt?«, fragte ich.
Dass Papa eifersüchtig sein könnte, war mir noch gar nicht in den Sinn gekommen. Er hatte sich ja nicht wirklich um Lotti bemüht. Aber jetzt, wo Naomi es sagte, machte es Sinn.
Naomi verdrehte die Augen. Dann grinste sie und sagte: »Na klar, Mensch.«
»Aber Lotti hängt nur noch mit dem Lackaffen rum«, sagte ich.
Naomi zuckte mit den Schultern. »Tja, was weiß ich«, sagte sie.
Wir fuhren noch ein zweites Mal, diesmal Naomi mit Raffaela und ich mit Papa. Es war eine Rückwärtsfahrt, und Papa wurde ein bisschen grün im Gesicht, genau wie der Lackaffe. Ich sagte aber lieber nichts. Immerhin nahm Papas Gesicht auch gleich wieder die normale Farbe an, als die Fahrt zu Ende war.
»Ich könnte jetzt was zu trinken gebrauchen«, sagte Raffaela, und das hielten wir alle für eine gute Idee.
Wir machten uns auf zu den Tischen, die wir schon von oben gesehen hatten. Als wir ankamen, war es ordentlich voll. Nur an einem Tisch waren noch ein paar Plätze frei. Bei Lotti und dem Lackaffen.
»Dürfen wir?«, fragte Papa übertrieben liebenswürdig und zeigte auf die freien Plätze.

»Von mir aus«, sagte Lotti.

Der Lackaffe nickte und lächelte schwach. Mit dem Lächeln im Gesicht, den zerzausten Haaren und der schiefen Krawatte sah er gar nicht mehr so nach Lackaffe aus.

»Na«, sagte Raffaela mitfühlend, »geht es Ihnen ein bisschen besser?«

»Danke, ja«, sagte der Lackaffe.

»Ist ja kein Wunder, dass einem schlecht wird«, sagte Raffaela. »Ich mag diese Fahrerei auch nicht besonders.«

Papa sah sie erstaunt an. »Schade«, sagte er. »ICH könnte noch ein paar Fahrten machen.« Er reckte sich und verschränkte die Arme hinter dem Kopf.

Raffaela guckte Papa an und sagte: »Wenn das so ist, Ralf, dann fahr doch noch. Ich habe nichts dagegen.«
»Ja«, sagte Severin und guckte Lotti an. »Wenn du willst, fahr doch mit ihm. Ich bin fertig für heute.«
Er nahm einen großen Schluck Wasser aus seinem Glas.
»Nein, nein«, sagte Lotti. »Ich bleib bei dir.«
»Müssen Sie nicht«, sagte Raffaela zu Lotti. »Mir reicht es für heute. Ich bleibe lieber unten und passe auf Ihren Bekannten auf.«
»Na, dann«, sagte Lotti und sah Papa unschlüssig an. »Von mir aus. Ich wollte noch gern eine Runde Autoscooter fahren.«

»Auf geht's!«, sagte Papa und sprang auf. »Na los, ihr beiden!« Er nickte Naomi und mir zu.

Wir gingen zusammen zum Autoscooter. Als ich mich umdrehte, sah ich, wie Raffaela und Severin miteinander lachten.

Naomi und ich suchten uns gemeinsam ein Auto aus, aber Papa und Lotti stiegen jeder in ein eigenes. Naomi und ich lenkten abwechselnd und versuchten, den anderen Autos auszuweichen. Aber Papa und Lotti versuchten nicht, sich auszuweichen. Im Gegenteil. Sie rumsten ständig aufeinander drauf. Lotti starrte Papas Auto verbissen an und hielt drauf, und Papa kniff die Augen zusammen und hielt das Steuer gerade, statt auszuweichen.

Ich seufzte. Vor ein paar Tagen noch hatten wir alle zusammen gekocht und Spaß gehabt, und auf einmal versuchten Papa und Lotti nur noch, sich gegenseitig zu ärgern.

Immerhin gingen wir nach dem Autoscooter noch zur Schiffschaukel. Das war superklasse, denn die Schiffschaukel flog richtig hoch. Lotti kreischte, und Papa sah ein bisschen so aus, als ob ihm das alles zu hoch sei, aber er war ziemlich tapfer und lächelte Lotti aufmunternd an.

»Das war ganz schön heftig«, sagte Lotti, als wir die Stufen runterkletterten.

»Ach, so schlimm war es doch gar nicht«, sagte Papa. »Für manche Leute wäre das vielleicht zu hoch gewesen, aber ICH fand es nicht so schlimm.« Er schielte zu Lotti rüber.

Ich merkte gleich, dass Papa an den Lackaffen dachte. Lotti merkte es leider auch.

»Du hältst dich wohl für den Allercoolsten«, sagte sie. »Immer dieses Machogehabe. Sag doch einfach, dass es heftig war. Du hast ganz schön panisch geguckt.« Sie blitzte Papa an.

»Ja und?«, schnaubte Papa. »ICH hab immerhin nicht gekotzt wie ein kleines Kind.«

»Ach, du liebe Güte!«, rief Lotti. »Severin hat wenigstens keine Probleme damit, zuzugeben, wenn was zu viel ist. Der hat es nicht nötig, den Coolen zu geben.«

»Ach ja?«, bellte Papa. »Wenn du meinst, bitte! Dann solltest du vielleicht lieber mit Severin am Tisch sitzen und aufpassen, dass er sich nicht wieder übergibt.«

»Stell dir vor«, fauchte Lotti, »genau das habe ich auch vor!«

Und den ganzen Weg zurück zu den Tischen redeten Lotti und Papa kein Wort mehr miteinander.

»Komm, Severin«, sagte Lotti zu dem Lackaffen, der gut gelaunt mit Naomis Mutter am Tisch saß und beinahe nett aussah. »Wir gehen jetzt in die Dalí-Ausstellung, was meinst du? Ich habe von diesem Jahrmarkt für heute genug.«

Severin schaute Lotti an, dann abwechselnd von Lotti zu Papa und nickte. »Wenn du magst«, sagte er und stand auf.

»Hat mich gefreut«, sagte er zu Raffaela und hielt ihr die Hand hin.

»Mich auch«, sagte die und schüttelte die Hand kräftig.

Dann verabschiedete sich der Lackaffe von Papa, Naomi und mir.

Lotti sagte freundlich »Auf Wiedersehen« zu Raffaela, Naomi und mir. Zu Papa sagte sie nur knapp »Tschüs«.

Raffaela guckte Papa neugierig an, sagte aber nichts.

Wir blieben noch eine Weile auf dem Jahrmarkt, aber Papas Laune war nicht die beste. Was musste er auch so über Severin reden!, dachte ich. Mir wäre es auch lieber gewesen, wenn Lotti mit uns statt mit ihm zum Jahrmarkt gegangen wäre, aber Papa hatte sich wirklich fies verhalten.

Trotzdem fand ich den Tag klasse. Immerhin war ich die ganze Zeit mit Naomi zusammen, und wer schwebt schon mit dem schönsten Mädchen der Schule durch den Himmel?

SIEBZEHNTES KAPITEL,

in dem Papa keine Laus über die Leber gelaufen ist,
sondern ein Lackaffe

Seit dem Jahrmarkt redeten Naomi und ich jetzt auch in der
Schule miteinander. Daniel war darüber so verblüfft, dass er
noch nicht mal blöde Bemerkungen machte.

Ein paar Tage nach dem Jahrmarkt rief Naomi sogar bei mir
an. Ich fiel fast um, als ich ihre Stimme hörte.

»Und?«, fragte Naomi. »Kommst du mit den Deutschaufga-
ben klar? Ich nicht.«

Vor ein paar Wochen hätte ich mir noch nicht träumen lassen, dass Naomi jemals mit mir reden würde, und jetzt rief
sie mich sogar an. Wir redeten über dies und das, und als ich
auflegte, war ich ganz schön gut drauf. Damit war ich aber
auch der Einzige in unserem Männerhaushalt, der gut drauf
war und Erfolg bei den Frauen hatte.

Papa war seit Sonntag dauernd schlecht gelaunt. Ich vermu-
tete, dass es mit Lotti zu tun hatte, aber er sagte nichts, und
fragen wollte ich ihn auch nicht.

Dienstags ging ich nach der Schule zwar zu Lotti und Nina,
aber Lotti fragte nicht mal nach Papa.

So ging das zwei Wochen lang. Dann wurde Papa krank. Er bekam eine ordentliche Grippe und musste zu Hause bleiben.
Ich hoffte ja ein bisschen, dass Lotti sich um Papa kümmern würde, während ich in der Schule war, aber das tat sie nicht.
Stattdessen rückte Tante Birgit an.

»Nein«, sagte Papa am Telefon, als sie anrief. »Du brauchst nicht zu kommen, ich hab alles im Griff.«

Er war so verschnupft, dass man ihn kaum verstehen konnte, aber so leicht ließ sich Tante Birgit natürlich nicht abwimmeln. Am Nachmittag tauchte sie bei uns auf.

»Na«, sagte sie, als ich öffnete. »Was macht denn unser Patient?«

Sie bugsierte einen riesigen Korb voll Obst und Gemüse in die Küche.

»Nichts«, sagte ich. »Er liegt im Bett und ist krank.«

»Ja, ja«, sagte Tante Birgit. »Und er tut sich ordentlich leid, was?«

Ich zuckte mit den Schultern.

Tante Birgit kramte sofort in unserer Küche herum, als sei sie hier zu Hause, und fing an, einen Apfel zu schälen.

»Was hat er denn?«, fragte sie und sah mich an.

»Grippe«, sagte ich.

»Ach, nicht das!«, sagte Tante Birgit. »Ich meine, was ist los mit ihm? Man traut sich ja seit Wochen kaum, mit ihm zu reden. Welche Laus ist ihm denn über die Leber gelaufen?«

»Keine Laus«, sagte ich. »Ein Lackaffe.«

»Ein was?«, fragte Tante Birgit und sah mich mit zusammengekniffenen Augen an.

Eigentlich hätte ich mir nie vorstellen können, ausgerechnet mit Tante Birgit über Papa und Lotti und den Lackaffen zu sprechen, aber sie war die Einzige, mit der ich im Moment reden konnte, also tat ich das. Ich erzählte ihr, was alles passiert war. Von den Fußballnachmittagen mit Lotti und Nina

141

und vom Kochen, vom Amor-Treff und Tanja und Evelyn, und ich erzählte alles vom Weiberangeln und dem Lackaffen und dem Jahrmarkt. Nur das von Naomi band ich ihr natürlich nicht auf die Nase.

Als ich fertig war, schwieg Tante Birgit eine Weile. Dann stand sie auf, warf die Apfelstücke in eine Schüssel und sagte, sie geht jetzt zu Papa und spielt Krankenschwester, in allen Bereichen.

Was Tante Birgit mit Papa besprach, erfuhr ich nicht, aber sie schaffte es, dass er aus seinem Schlafanzug rauskam, frische Sachen anzog und sich zu uns in die Küche setzte.

»So«, sagte Tante Birgit. »Ich mache mich jetzt auf den Weg nach Hause. Du bist ja wieder fit genug, oder?«

Papa nickte.

Wir brachten Tante Birgit zur Tür, und als sie die Tür aufmachte, stand Lotti davor.

»Hallo«, sagte sie. »Ich wollte gerade klingeln.«

Tante Birgit verabschiedete sich und verschwand im Eiltempo die Treppe hinunter.

»Hallo«, sagte Papa und sah Lotti freundlich an.

»Also«, sagte Lotti. »Ich wollte euch fragen ...«

Papa hustete.

»Bist du krank?«, fragte Lotti besorgt.

»Nein, nein«, sagte Papa. »Nur eine kleine Erkältung.«

Ich dachte, ich höre nicht richtig. Vor ein paar Stunden hatte er noch getan, als sei er sterbenskrank, und nun war auf einmal alles halb so schlimm. Tante Birgit musste ihm ordentlich eingeheizt haben.

142

»Gut«, sagte Lotti. Sie sah richtig erleichtert aus.

»Willst du reinkommen?«, fragte Papa.

»Nein«, sagte Lotti und zögerte. »Ich wollte euch eigentlich um einen Gefallen bitten.«

»Um was geht's denn?«, fragte Papa.

»Na ja«, sagte Lotti und nestelte am Stoffgürtel ihres Kleides herum. »Ich wollte fragen, ob ihr am Samstag auf Nina aufpassen könnt. Ich habe was vor, und keiner, den ich gefragt habe, hat Zeit zum Babysitten.«

Papa schluckte.

»Was machst du denn am Samstag?«, fragte ich.

»Na ja«, sagte Lotti wieder und guckte an Papa vorbei. »Ich gehe ins Theater.«

»Mit dem Lack..., also, mit Severin?«

»Jonas«, sagte Papa, »sei nicht so neugierig. Das geht uns nichts an.«

Jetzt sah Lotti mich doch an. Sie sah irgendwie traurig aus.

»Ja«, sagte sie. »Mit Severin. In *Romeo und Julia.*«

»Aha«, sagte Papa. »Na, dann. Lass Nina ruhig hier. Wir passen auf sie auf, nicht wahr, Jonas?«

»Klar«, sagte ich.

Lotti schaute Papa an. »Wirklich?«, fragte sie. Auf ihrem Hals erschienen ein paar rote Flecken.

»Klar«, sagte Papa. »Bring sie vorbei, wann du möchtest. Wir sind hier.«

»Danke«, sagte Lotti.

Sie blieb noch einen Moment stehen und sagte dann Tschüs.

Als Papa die Tür schloss, war ich plötzlich traurig. Und wütend.

»Sie geht mit dem Lackaffen ins Theater und du passt auf Nina auf?«, sagte ich.

»Ja«, sagte Papa. »Wenn sie das so will.«

Jetzt platzte alles aus mir raus, was ich die ganze Zeit runtergeschluckt hatte.

»Und du?«, fragte ich. »Was willst du?«

Papa schwieg.

»Spielt das denn eine Rolle?«, fragte er dann. Er sah auf einmal sehr müde aus. »Ich leg mich ein bisschen aufs Sofa, okay? Wenn du magst, können wir nachher einen Film gucken.«

Ich nickte und Papa verzog sich ins Wohnzimmer.

Ich hätte gern was gesagt, um ihn aufzumuntern, aber ich wusste nicht, was. Außerdem war ich selbst traurig.

Es sah so aus, als ob Lotti, Nina, Papa und ich doch keine richtige Familie werden würden.

ACHTZEHNTES KAPITEL,

in dem Papa zu Romeo wird und Amor trifft

Samstags erschien Tante Birgit. Papa war zwar wieder ziemlich fit, aber sie brachte einen Korb voll Obst vorbei.

»Ich will nur sichergehen, dass er genug Vitamine zu sich nimmt«, sagte sie. »Die sind gerade nach einer Krankheit besonders wichtig.«

Ich hätte gern gesagt, dass Papa das sicher selbst wusste, aber ich wollte nicht mit ihr streiten und Papa wohl auch nicht, denn er sagte nichts.

Tante Birgit begann, den Flur zu wischen.

»Birgit«, sagte Papa, »es ist Samstag.«

»Eben«, sagte Tante Birgit. »Du musst dich ausruhen und Jonas hat die letzten Tage so viel im Haushalt geholfen. Ich habe nichts zu tun. Kai ist mit Simon auf dem Bolzplatz an der Ecke.«

Ich traute meinen Ohren nicht. Onkel Kai und mein langweiliger Cousin Simon spielten Fußball?

»Ja, ja«, sagte Tante Birgit, als sie mein Gesicht sah. »Die beiden hat es jetzt auch erwischt mit diesem Fußballgedöns.«

Ich sah Papa zum ersten Mal seit Tagen grinsen.

Eine Weile später erschien Lotti mit Nina. Nina strahlte, als sie mich sah. Und Papa fielen bei Lottis Anblick fast die Augen aus dem Kopf.

Lotti sah superschick aus. Sie trug ein langes schwarzes Kleid mit Ausschnitt. Ihre Locken ringelten sich über die Schultern und sie duftete wie eine Kokospalme.

»Hier«, sagte sie. »Ninas Lieblingssachen. Ich bin dann gegen elf wieder da, in Ordnung?«

Papa starrte Lotti einfach nur an.

Ich stupste ihn in die Seite.

»Äh, ja, klar«, sagte er.

»Wenn noch was ist«, sagte Lotti, »ich bin noch etwa eine halbe Stunde da. Severin kommt mich um sieben abholen.«

»Gut«, sagte Papa und sah Lotti nach, als sie in ihre Wohnung zurückging.

Nina lief ins Wohnzimmer und ich trug ihre Sachen hinterher. Ich wurde traurig, als ich die Sachen sah. Vor allem Ninas Lieblingstasse, die blaue mit dem roten Herzen drauf. Von wegen Amor, dachte ich wütend. Das ist doch alles nur ein großer Beschiss mit dem Kerl.

Papa schlich die ganze Zeit im Flur herum. Als ich in die Küche ging, um eine Flasche Saft für Nina zu holen, sah ich, wie er durch den Spion ins Treppenhaus starrte.

»Was machst du denn da?«, fragte ich.

»Nichts, nichts«, sagte Papa. Aber er tigerte weiter im Flur rum und sah immer wieder hinaus.

»Was macht er denn?«, fragte mich Tante Birgit, als ich ins

Wohnzimmer zurückkam. Sie spielte mit Nina
und ihren Bauklötzen.
»Keine Ahnung«, sagte ich. »Er rennt
im Flur rum und glotzt durch den
Spion.«
Tante Birgit sah mich an.
Dann stand sie auf. »Er
verliert den Verstand«,
murmelte sie. »Da
muss man was tun.«
Sie verschwand
im Flur.
Diesmal wollte
ich nicht ver-
passen, was
sie Papa
sagte.

Ich nahm Nina auf den Arm und folgte Tante Birgit.

»Ralf«, sagte Tante Birgit. »Was machst du da?«

»Es ist schon zwanzig nach sieben«, sagte Papa. »Dieser Severin wollte Lotti um Punkt sieben abholen. Und er ist noch nicht da!«

Tante Birgit betrachtete Papa, als ob sie einen Außerirdischen vor sich hätte. »Ist das so?«

»Ja«, sagte Papa. »Dieser Lackaffe versetzt Lotti. Ist der noch ganz dicht?«

Tante Birgit und ich starrten uns an. Dann drehte sich Tante Birgit zu Papa um. »Los«, sagte sie. »Worauf wartest du noch? Es ist noch keiner zum Romeo geworden, der im Flur steht und stundenlang durch den Spion starrt.«

»Genau«, sagte ich. »Jetzt bist DU dran!«

Tante Birgit schob Papa Richtung Schlafzimmer.

»Mach dich schick und dann verschwinde!«, sagte sie.

»Und komm bloß nicht zu früh heim«, sagte ich. »Tante Birgit und ich, wir passen auf Nina auf.«

Papa guckte uns abwechselnd an. Dann riss er den Kleiderschrank auf und begann, seine besten Sachen herauszuziehen. Es dauerte keine fünf Minuten, da sah Papa richtig klasse aus.

»Und jetzt?«, fragte er, als er die Hand schon auf der Klinke der Wohnungstür liegen hatte. »Was, wenn sie gar nicht mit mir ins Theater gehen will?«

»Um Himmels willen, Ralf«, sagte Tante Birgit. »GEH!«

Papa zuckte ein bisschen zusammen und sah mich an.

Ich konnte mir nun sehr gut vorstellen, wie es war, mit ei-

148

ner Schwester wie Tante Birgit groß zu werden. Aber wo sie recht hatte, hatte sie recht. Ich nickte Papa zu.

Papa holte tief Luft und rückte seine Krawatte zurecht. Dann öffnete er die Tür.

»Drückt mir die Daumen«, sagte er. Hinter ihm fiel die Tür ins Schloss.

Und dann hingen Tante Birgit und ich abwechselnd vor dem Spion.

NEUNZEHNTES KAPITEL,

in dem wir ein Team werden

Es war mitten in der Nacht, als mich Papas Schlüssel im Schloss weckte. Ich muss zugeben, dass ich trotz der Spannung, wie es mit Lotti und Papa ausgehen würde, irgendwann eingeschlafen war. Aber als ich ihn heimkommen hörte, war ich sofort hellwach.

Er öffnete meine Zimmertür und fragte leise: »Jonas? Bist du wach?«

»Ja«, sagte ich und setzte mich auf. »Wie war es?«

Papa kam herein. Die Tür zum Flur ließ er auf, und obwohl von draußen Licht ins Zimmer fiel, konnte ich Papa nicht richtig sehen, dazu war es zu dunkel. Aber seine Augen konnte ich erkennen, und die glänzten und strahlten, wie ich es noch nie gesehen hatte. Nie, nicht mal bei Papas Tussenlächeln.

»Alles gut, Jonas«, sagte Papa leise und setzte sich aufs Bett. »Heute hat Amors Pfeil getroffen. Lotti und mich.«

»Werden wir jetzt eine Familie?«, fragte ich. »Lotti, Nina, du und ich?«

»Ja«, sagte Papa und lächelte. »Sieht ganz so aus.«

Ich war so froh, dass ich gar nichts sagen konnte.
Aber Papa verstand das richtig. Er drückte
meine Schulter und dann ging er
hinaus.
Tante Birgit hingegen wollte
alles wissen. Sie rief gleich
am nächsten Morgen an.

Ich hatte noch nicht richtig den Hörer abgenommen, da legte sie schon los.

»Und?«, sagte sie. »Wie war es? Was hat dein Papa gesagt? Hat es geklappt mit Lotti?«

Offensichtlich hatte sie gestern Nacht nichts mehr aus Papa herausbekommen, als er nach Hause gekommen war.

»Ja«, sagte ich, »alles bestens.«

Es dauerte keine Sekunde, da hatte Tante Birgit die Neuigkeit schon verdaut. »Jetzt lass dir doch nicht jedes Wort aus der Nase ziehen«, sagte sie ungeduldig. »Wie hat Ralf es angestellt? Und was hat Lotti von der Geschichte mit diesem Severin erzählt?«

Mir wurde schlagartig was klar: Frauen reden tatsächlich anders als Männer. Da erzählt man das Wichtigste überhaupt, die sensationelle Neuigkeit, und sie löchern einen mit so langweiligen Fragen.

»Ich weiß nicht«, sagte ich.

Tante Birgit seufzte. »Gib mir Ralf, bitte«, sagte sie.

»Moment«, sagte ich.

Papa, der gerade aus der Küche kam, sah mich fragend an.

»Birgit?«, flüsterte er.

Ich nickte.

Papa schüttelte hektisch den Kopf und wedelte mit den Armen.

»Papa ist noch unter der Dusche«, sagte ich.

Tante Birgit schwieg. Dann konnte ich förmlich hören, wie sie grinste, als sie sagte: »Sag deinem Papa, ich krieg ihn schon noch. Ewig kann er mir nicht ausweichen. Dann koche ich uns eine schöne Tasse Kaffee und er muss mir alles erzählen.«

»Mach ich«, sagte ich und grinste auch.

Ich würde mich an diesem Tag verdrücken, das schwor ich mir.

LETZTES KAPITEL,

*in dem es ein Happy End ganz nach
Tante Birgits Geschmack gibt*

Jetzt, am Sonntag danach, sitzen wir auf unserer großen geblümten Decke auf der Liegewiese am See.

Lotti und Papa spielen mit Nina, und ich, ich träume von Naomi. Der Fußball, den sie auf dem Jahrmarkt für mich ausgesucht hat, liegt neben mir im Gras.

Jetzt ist es so, wie ich es mir immer vorgestellt habe. Wir sitzen hier und sind eine richtige Familie.

Ich denke gerade, besser kann so ein Tag nicht sein, da sehe ich Naomi. Sie trägt ein gelbes Kleid und hat die Haare zum Pferdeschwanz gebunden. Naomi winkt und kommt direkt auf uns zu. Und hinter ihr gehen Raffaela und ein Mann. Ein Mann im Anzug. *Am See.*

Ich kneife die Augen zusammen, aber es stimmt: Es ist der Lackaffe Severin!

»He«, sage ich zu Lotti und Papa. »Guckt mal!«

Papa und Lotti gucken überhaupt nicht überrascht.

»Schön«, sagt Lotti, »kommen die drei doch noch!«

»Super«, sagt Papa. »Hätte nie gedacht, dass ich mich mal

so freue, Severin zu sehen.«
Ich verstehe ja gar nichts
mehr, aber fragen kann
ich auch nicht, Naomi,
Raffaela und Severin sind
schon bei uns angekom-
men. Es gibt ein großes
Begrüßungshallo. Ich
starre auf das Gewusel
und bin echt ratlos.
»Hi«, sagt Naomi und
grinst mich an. Auf
den Kopf hat sie eine
Sonnenbrille gescho-
ben. Es ist die, die ich
auf dem Jahrmarkt
für sie gewonnen
habe.
Sie lässt sich neben
mich auf die Decke
fallen. Auf einmal
riecht es nach Erd-
beeren und Sommer
und Urlaub.
»Da guckst du, was?«,
sagt sie und deutet mit
dem Kopf auf Raffaela
und Severin.

Ich nicke.

Und dann erzählen alle durcheinander und lachen über die ganze Geschichte, die ich jetzt endlich erfahre.

Der Lackaffe Severin ist ein alter Schulfreund von Lotti, und dem hat sie schon vor Ewigkeiten erzählt, dass sie in Papa verliebt ist. Und der Severin meinte, wenn Papa das nicht kapiert, muss man ihn eifersüchtig machen. Deshalb ist er mitgekommen zum Amor-Treff. Und Lotti und er haben so getan, als würden sie sich gerade erst kennenlernen und ineinander verlieben.

»Ein ganz fieser Trick«, sagt Papa und kitzelt Lotti an den Armen.

»Hat aber prima funktioniert«, sagt Lotti lachend.

»Ja«, sagt Papa, »wir Männer sind so einfach zu durchschauen, schlimm ist das.«

»Zum Glück«, sagt Lotti. »Ich war ja fast mit meinem Latein am Ende.«

»Dann war die Quälerei auf dem Rummel wenigstens zu etwas gut«, sagt Severin. »Und sie hat gleich doppelt Glück gebracht.« Er schaut Raffaela strahlend an. »Wer hätte gedacht, dass ich mich bei diesem Amor-Treff tatsächlich verlieben würde.«

Wenn Tante Birgit hier wäre, denke ich, wäre das der Tag ihres Lebens. So viele schmachtende Liebesgeschichten auf einmal, da wäre sie hin und weg.

Ich rolle gerade innerlich mit den Augen, da fragt Naomi: »Gehen wir ins Wasser?«

Ich sehe auf und da steht Naomi im roten Bikini.

Ich merke, wie meine Backen heiß werden.

»Klar«, sage ich. Und renne schon mal los.

»Jonas vor!«, ruft Nina.

Hinter mir höre ich Naomi lachen.

Vor mir liegt der blaue See.

»Tooooooooor!«, brülle ich und springe.

ALLE MACHT
DEN SUPERHELDEN!

Matthew Cody
Achtung, Superheld!
304 Seiten I ab 10 Jahren
ISBN 978-3-8415-0214-8

Daniels neue Freunde haben tolle Superkräfte! Mollie kann fliegen, Eric ist der Stärkste und Rohan hört quasi das Gras wachsen. Aber die Kräfte werden sie an ihrem 13. Geburtstag verlieren. Nur warum? Die Clique muss herausfinden, was hinter den mysteriösen Ereignissen steckt. Und die Spürnase von Hobby- und Meisterdetektiv Daniel bringt sie schnell auf die richtige, aber äußerst gefährliche Fährte ...

www.oetinger-taschenbuch.de

OETINGER TASCHENBUCH

BELLENDE KATZEN?
VERDREHTE WELT!

Gernot Gricksch
Nicht drücken!
256 Seiten | ab 10 Jahren
ISBN 978-3-8415-0268-1

Ein kleiner, roter Knopf zum Nicht-Drücken? Siri und Ole können es nicht glauben und drücken doch. Mit wirklich verrücktem Erfolg: Am nächsten Morgen ist alles genau anders herum als sonst. Mädchen benehmen sich wie Jungen, Männer wie Frauen und Katzen wie Hunde. Die ganze Welt steht Kopf! Aber was haben die ominösen Kimono-Zwillinge damit zu tun? Und wann wird die Welt endlich wieder normal?

www.oetinger-taschenbuch.de

OETINGER TASCHENBUCH

DIE **LEHRERIN** IN DIE **TASCHE STECKEN**

Sabine Ludwig
Hilfe, ich hab meine Lehrerin geschrumpft
240 Seiten | ab 10 Jahren
ISBN 978-3-8415-0016-8

Wer wird Felix jemals glauben, dass er die von allen gehasste Mathelehrerin auf die Größe von 15,3 Zentimeter geschrumpft hat? Er weiß ja selbst nicht, wie das passieren konnte. Aber das Problem hat er jetzt am Hals, genauer gesagt in der Jackentasche. Denn da steckt sie nun, die Lehrerin. Wie kann Felix sie nur wieder groß bekommen?

www.oetinger-taschenbuch.de